格事話

Grimm's
Fairy Tales

格林童話選集

上

格林兄弟 著
林懷卿、趙敏修 譯
騷耳 改寫

無奇不有

聰明點子

夢幻綺情

寓言佰命

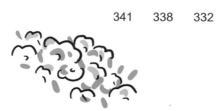

無奇不有

布可斯達夫的刺蝟和兔子

蕎麥花盛開的一個星期天早上，天空晴朗，豔陽高照，微風輕輕的撫過。麥田剛剛收割過，雲雀在空中高唱著，蜜蜂嗡嗡的穿梭在蕎麥花間。

那天，刺蝟站在門口，雙手交叉抱在胸前，眼睛望著麥田那邊，嘴裡輕輕哼著。牠所哼的曲子，調子和一般刺蝟在星期天哼的

一樣，不怎麼好聽，但也不難聽。就在這個時候，刺蝟的妻子在屋頂上忙著為孩子們洗澡換衣服。

刺蝟心想：「趁牠們還在忙，可以出去散步，順便看看蕪菁長到多高了。」刺蝟打定主意後，就拉上門走了出去。蕪菁田離刺蝟家不遠，刺蝟把它當作是牠們種的，一家人常常跑去吃個痛快。

牠繞過矮樹林，來到蕪菁田附近，遇到了兔子。兔子和刺蝟有著一樣的念頭，不過牠關心的是高麗菜。「嗨！早！」刺蝟好聲好氣的向小兔子打招呼。

自以為了不起的兔子，根本沒把刺蝟放在眼裡，不但不理牠，還傲慢的問牠：「這麼早到稻田裡來幹什麼呀？」

「我出來散步啊！」刺蝟回答。

「散步？也對！你的腳大概只適合出來散步吧！」兔子笑著說。

刺蝟聽了很生氣，因為牠的腳天生是彎的，人家嘲笑牠其他毛病，還可以忍受，但嘲笑牠的腳，牠馬上火冒三丈。

「你以為你的腳最管用了，是不是？」刺蝟反問道。

「那當然嘍！」兔子驕傲的回答。

「那麼，我們來比賽一下，看誰跑得快，我敢說，我一定會贏過你。」刺蝟很有信心的向兔子挑戰。

「笑死人了！用你彎彎的腳賽跑？欸！好吧，既然你不怕輸，
那我就奉陪。不過，得下個賭注才有意思！」兔子回答。

「好！那就一枚金幣，外加一瓶白蘭地作為賭注！」刺蝟說。

兔子很高興，要牠馬上開始比賽。

「欸！幹麼那麼急？我又還沒吃早餐，等我回去吃飽了，半個
小時再回來。」刺蝟不疾不徐的說。

兔子沒有異議，刺蝟就回家去了。

路上，刺蝟邊走邊想：「那傢伙仗著腿長，目中無人，我要
想辦法贏牠！牠的外表看起來是不錯，不過腦袋並不聰明。哼！驕

傲的傢伙。」

刺蝟回到家裡，對太太說：「欸欸，你快點換好衣服，跟我到田裡去！」

「什麼事情那麼急啊？」刺蝟太太問道。

「我要和兔子比賽，以一枚金幣和一瓶白蘭地作為賭注，你也一起去吧！」

「啊，你今天怎麼了？是不是瘋了？怎麼可以和兔子賽跑呢？」刺蝟太太不解的問。

「少囉叨！這是我們男人的事，你只要聽話就行了。」刺蝟說刺蝟太太無奈的跟著丈夫，半路上，刺蝟對太太說：「欸！我的話你要記住喔！等一下我們要在那長長的田埂上比賽，看誰先到達田埂的尾端就算贏。你躲在尾端等著，看見兔子跑過來，馬上把頭伸出去說『欸，我已經到了！你好慢喔！』」

沒多久，兩夫妻來到了田野，刺蝟指著一個地方，叫妻子在那裡等，自己爬上了田埂，向著前頭跑去，兔子已經在那裡等牠了。

「開始吧！」兔子說。

「好啊！」刺蝟回答。

然後彼此分開，各自走到平行的兩道田埂上。兔子數「一、

二、三」，便向前狂奔，刺蝟只跑兩三步，就躲回到田埂下。

兔子盡全力的跑到田埂的尾端時，刺蝟太太從對面探頭出來說：「我早就到了。」

由於刺蝟夫婦長得一模一樣，兔子以為刺蝟太太就是刺蝟本身。

「這傢伙有這能耐嗎？」兔子心裡不相信，大叫的說：「從頭再來一次，向後轉！」兔子像狂風似的往回跑。刺蝟太太仍然站在原地不動。

兔子回到出發點時，刺蝟已先出現在對面的田埂上，笑著說：

「我還是比你先到啊！」兔子都快氣瘋了，喊道：「再來一次，向後轉！」

「好啊！要跑幾次，我都樂意奉陪啊。」刺蝟心平氣和的回答。

就這樣，兔子來回跑了七十三次，每一次都輸給了刺蝟，無論牠跑到哪一端，刺蝟本身或刺蝟太太總有一個已經在那裡等著，對牠說：「我已經到了。」

跑到第七十五次時，兔子在半路上不支倒下，暈過去了。

贏得金幣和白蘭地的刺蝟，手裡拿著勝利品，把太太從田埂後面叫出來，高高興興的回家去。

這就是發生在布可斯達夫原野上的刺蝟和兔子賽跑，兔子跑輸的故事。

從那之後，再也沒有一隻兔子，敢和布可斯達夫的刺蝟賽跑。

柯爾貝斯大人

從前，有一隻公雞還有一隻母雞，

牠們決定要一起去旅行。於是，公雞動手做了一輛有四個紅色輪子的車，請來四隻鼷鼠拉車。母雞和公雞坐上車子，牠們很開心的出發了。

過了不久，牠們遇見了一隻貓，貓咪問牠們說：「你們要到哪

裡去呀？」

公雞說：「我們要去旅行，我們要到惡名昭彰的柯爾貝斯大人家裡！」

貓咪說：「真的嗎？我可以搭你們的便車嗎？」

公雞說：「好哇！那你就坐在後面吧！坐前面的話，萬一掉下去就糟糕了。要小心喔！千萬別弄髒了紅色的車子。」

然後，牠們很開心的呼喊著：「四個輪子轉圈圈！四隻鼷鼠吱吱叫！我們就要出發了，我們要到惡名昭彰的柯爾貝斯大人家裡去！」

走了一會兒，牠們遇到一個石磨，公雞很好心的也讓它搭便車。

接著牠們遇到了雞蛋，再來遇到了野鴨，再其次是別針，最後牠們遇到了縫衣針，大家紛紛都上了車。

牠們來到了柯爾貝斯大人的家，但是，很不巧，柯爾貝斯大人不在。

於是，鼷鼠把車拖到倉庫裡，公雞和母雞牠們一起跳到欄杆上，貓咪就坐在壁爐裡面，野鴨走進了臉盆中，雞蛋把自己裹在毛巾裡，別針跑去插在沙發的坐墊上面，縫衣針跳到床上，插在枕頭的中央，石磨把自己藏在大門的上面。

過沒多久，柯爾貝斯大人回來了。

他走到壁爐旁邊，想要點火，這個時候貓咪用力把灰撒在他的臉上面。

他趕緊跑到廚房去，想要洗把臉，沒想到，野鴨把水潑到他的臉上面。

柯爾貝斯大人想要用毛巾把臉擦乾，結果雞蛋卻滾了出來，碎了，蛋汁全都黏在他的眼睛裡。柯爾貝斯大人覺得好累，想要喘一口氣，他坐在沙發上休息。但是，馬上就被別針狠狠的扎到了。他氣得跳到床上，把頭擱在枕頭，結果又被枕頭上的縫衣針刺到頭，他終於受不了，大叫一聲，衝到外面去。

誰知道才到大門口，就被躲在上面的石磨掉下來砸了正著，一命嗚呼了。

老狗托托

有一位農夫，養了一條很忠誠的狗，狗的名字叫做托托，牠的年紀大了，牙齒都掉光了。

於是有一天，農夫對著妻子說：「托托老了，已經沒用了，明天把牠丟掉。」

妻子說：「托托跟了我們那麼多年，始終都是忠心耿耿的，就

算養牠一輩子也是應該的。」

農夫說：「托托現在牙齒掉光了，根本嚇阻不了小偷，留著牠太麻煩了！雖然牠曾經為我們出力，但牠實在太老了，丟掉吧！」

正在外面晒太陽的托托，聽到這番話，心裡很難受。

當晚，托托來到森林裡，把這件事情告訴牠的好朋友——野狼。

於是，野狼出了個主意：「明天一大早你的主人會去割草，因為家裡沒人，他們一定會把小嬰兒帶去，放在樹下，那個時候你就假裝在一旁看守，我去把嬰兒叼走，你再過去把嬰兒救回來。他們到時候一定會很感激你救了嬰兒，就不會把你丟掉了。」

托托覺得野狼的辦法很好，決定依計而行。結果農夫看到托托救回嬰兒，果真很高興的說以後再也不會把牠丟掉了，並且從此以後都對托托很好。

過了一段時間，野狼過來找托托，野狼跟托托說：「最近要找吃的都很困難，我想吃你主人家的那隻肥羊，我可是幫忙過你的啊。到時候，你記得閉著眼睛，假裝不知道喔。」

托托說：「我辦不到，因為我不能做對不起主人的事情。」

野狼還以為托托不過是開個玩笑，殊不知托托真的告訴了自己主人——農夫了！所以呀，當野狼半夜偷偷跑過來吃那隻肥羊的時候，就被農夫用棍子，狠狠打了一頓。哇！野狼好痛好痛，並且非常生氣的說：「哼，你這傢伙真不夠朋友，記著！I will be back！」野狼丟下了這句話，就落荒而逃了。

第二天，野狼叫山豬過來傳話，說牠有事情想跟托托商量，請托托晚上到森林來一趟。托托當然知道野狼是要報復牠，牠也知道自己不是野狼的對手，於是牠就找了一個同伴——貓咪跟牠一起去。

貓咪那一天啊，因為腳很痛，不自覺的把尾巴翹了起來，一跛一跛的前進。由於天色太暗了，當山豬跟野狼看到貓咪的尾巴時，還以為牠們帶了一把棍子，野狼嚇得跑到了樹上，山豬則躲到了草叢裡。

正當托托和貓咪感到很納悶，怎麼約在森林裡，卻不見野狼和山豬的時候，眼尖的貓咪看到草叢裡露出一個豬耳朵，於是貓咪就衝上去咬了一口。哇！山豬就疼得大喊：「不要咬我，野狼在樹上，你們去找牠報仇。啊，好痛啊、好痛啊！」

托托和貓咪一抬頭，果然看到滿臉通紅的野狼躲在樹上，野狼對自己的所作所為，感到十分不好意思。

於是，牠就跟托托道歉了，托托也很棒，牠接受了野狼的道歉，牠們倆就重修舊好，又當成好朋友了。

狐狸和貓

有一天，貓咪在森林裡面遇到狐狸，

貓咪心裡想：狐狸這個動物既聰明，又有見識，社會經驗一定很豐富。

貓咪就用討好的口氣向狐狸打招呼：「午安啦！狐狸大哥，你最近好嗎？現在的食物真的很難找，你是怎麼過日子的呢？」

狐狸聽了，用冷漠的眼光，把貓咪從頭到腳看了一遍，好一陣子都不說話，最後才回答牠說：「你這個笨貓！你在說什麼啊？你到底會些什麼呢？你有多大的功夫？膽子竟然這麼大，竟敢問我好不好！」

貓咪客氣的說：「我只會一種功夫。」狐狸問：「是什麼功夫啊？」

貓咪說：「碰到狗，我有辦法逃到樹上躲避。」

狐狸很不屑的哼了一聲，說：「你就只會這一種嗎？我可是會一百種以上的功夫，還有個聰明的腦袋。哎，你這個可憐蟲，跟我來吧！讓我教教你逃避狗的辦法。」

狐狸話才說完，一個獵人帶了四隻狗走過來。貓咪一看到就立刻跳到樹上，躲在茂盛的枝葉間，大聲對狐狸說：「狐狸大哥啊，你不是有個聰明的腦袋嗎？快想想辦法呀！」

但是，四隻狗已經衝向狐狸，把牠制服了。

貓咪看著眼前發生的一切，牠又說：「狐狸大哥，你不是會一百種以上的功夫嗎？如果今天你也能像我一樣爬到樹上，是不是就沒事了呢？」

貓鼠同居

貓認識老鼠以後，對老鼠說：「我很喜歡你，我們做朋友好嗎？」

老鼠被說動，就同意和貓住在一起，成為一家人。

有一天，貓說：「我們必須準備一些過冬的食物，不然到時候會餓肚子的，這件事就讓我來辦吧！老鼠弟，我不在的時候，你可

別到處亂跑喔！要是不聽我的話，總有一天會被人抓走的。」

聽了這麼親切的忠告，老鼠很感激的點點頭。

於是，貓上街去買了一小壺牛油，可是牛油買回來以後，牠們都不曉得應該放在哪裡好。

考慮了很久，貓說：「想把牛油好好的藏起來，再也沒有比教堂更適合的地方了，放在那裡，保證不會被偷。我看就把牛油放在祭壇下面，冬天到以前，千萬別去動它！」

那壺牛油，就這樣被放置在最安全的地方了。

但是過不了多久，貓就很想去舔一舔牛油。

牠對老鼠說：「我有一位堂兄弟，請我當牠兒子的命名教父，牠生了一隻白底帶有茶褐色花紋的小貓，我今天要去為牠洗禮，你一個人好好看家，我現在就要走啦！」

老鼠回答：「好的。你去吧！如果有什麼好吃的東西，不要忘了我。洗禮祝宴用的紅葡萄酒，我也想喝一點。」

其實貓完全撒謊，牠根本沒有堂兄弟，也沒有人請牠當命名教父。

貓出了門，就一口氣跑到教堂裡，悄悄的走到裝牛油的小壺邊，開始舔起來，把那一層油膩膩的表皮舔掉了。

然後，貓跑到街上的屋頂散步，走累了就選一個好地方，在陽光下伸長身子躺下來。

牠一想到牛油的滋味，就擦擦自己的鬍鬚，覺得回味無窮。直到黃昏，貓才回家。

老鼠說：「喔！你回來了，你一定過得很愉快的一天吧。」

貓說：「當然很不錯啦！」

老鼠問：「小貓叫什麼名字呢？」

貓粗魯的說：「叫舔皮。」

老鼠大聲叫道：「什麼？舔皮？那可真是奇怪的名字啊！你們

貓族，一向都取這種怪名字嗎？」

貓說：「這不算什麼！你們鼠類不也有叫做麵包屑小偷的嗎？比起那種不名譽的名字，舔皮好聽多了。」

不久，貓又想去舔牛油，就對老鼠說：「真抱歉！又讓你一個人看家了，因為又有人要請我去當命名教父，那隻小貓的脖子四周有一圈純白的細毛，我不能拒絕。」

老實的老鼠，一點也不懷疑，便又答應了。

貓從街的石牆外跳進教堂裡，躡手躡腳來到祭壇邊，吃掉半壺牛油。

貓自認做了聰明事，十分滿足。牠自言自語：「獨自坐在這裡吃東西，不必分給別人，真是一種享受。」

貓回家後，老鼠問牠：「這次的小貓，取了什麼名字？」

貓說：「吃掉一半。」

老鼠睜大了眼睛說：「什麼？吃掉一半，這種名字我從來沒聽過。無論如何，命名的書上是找不到的。」

過了幾天，貓實在很想再吃牛油，一想到剩下的半壺牛油，牠就垂涎三尺。

於是，貓又對老鼠說：「好事就是接二連三的來，我又被人當命名教父了。這次的小貓，毛色非常特別，渾身烏溜溜，只有腳是雪白的。這樣的情況，要兩三年才碰得到一次，你肯讓我再出門一次吧！」

老鼠說：「你說的那些小貓的名字，叫做『舔皮』、『吃掉一半』！真叫人懷疑。」

貓有點不高興說：「你一身灰毛，留著長髮，整天坐在家裡，沒有見過世面，才會這樣大驚小怪！」

老鼠沒有辦法，只好讓貓走，自己留在家裡，整理打掃屋子。

貪吃的貓把僅剩的半壺牛油吃光了，吃完後牠抹抹嘴角，自言自語的說：「把東西通通吃光，我就安心了。」

到了晚上貓才回家，老鼠看見貓回來，趕緊問牠第三隻小貓的名字。

貓說：「這個名字，恐怕你也不會喜歡，牠叫『通通吃光』。」

老鼠大聲說：「『通通吃光』？這名字真不像話，我敢打賭，從來沒有人聽過這種名字，牠到底是什麼意思呢？」

老鼠搖搖頭，怎麼也想不通，便蜷縮成一團睡著了。

從此以後，再也沒有人請貓去當命名教父了。等天氣漸漸變冷，冬天來臨的時候，外面已經找不到任何食物了，老鼠想起牠們儲藏的那壺牛油。

老鼠說：「貓哥！我們趕快到教堂裡，把那壺牛油取出來吧！我想，牛油一定很好吃。」

貓說：「好吧！我相信牛油的香味，一定會引得你把舌頭伸到窗外。」

於是，牠們一起出發，來到教堂。走進祭壇一看，發現裝牛油的小壺，雖然還在那裡，可是裡面卻是空空的。

老鼠說：「啊！現在我終於明白了！你曾經露出過馬腳，原來你不是我真正的好朋友，當你去當命名教父的時候，就是去偷吃牛油，首先你舔皮，然後再吃掉一半，最後……」

貓怒喝：「住嘴！再說一句，我就把你吃掉。」

可憐的老鼠，還來不及說完「通通吃光」，貓就撲過去抓住牠，把牠吞下去了。

麥稈、木炭和蠶豆

在某一個村莊裡，住著一位貧窮的老太太。有一天，老太太摘來了一盤蠶豆，想要煮來吃。於是，她在爐灶裡生火。為了使火燃燒得更快，她就先抓一把麥稈點火。

當老太太把蠶豆「嘩啦」一聲，倒到鍋子裡的時候，一個不小心，讓一顆小蠶豆，蹦的跳了出來，掉在地上，滾哪滾的，滾到了

一根麥稈的旁邊。

這時，又有一塊燒得紅通通的木炭，從爐灶裡，蹦跳到麥稈和蠶豆的身邊。

麥稈問：「喂！你們從哪來的呀？」

木炭說：「我很幸運的從火舌裡跳了出來，假如我不及時跳出來，一定會死在裡面，變成灰燼。」

蠶豆說：「我也是趁著還沒受傷以前逃出來的，如果老太太把我煮到了鍋子裡，啊唷，我就會和我其他同伴一樣，被煮得稀爛嘍。」

麥稈說：「我的遭遇並不比你們的好！我的弟兄們，通通在老太太的手變成一團火，化作一道煙，消失了。老太太竟然一次就奪走幾十條生命，幸好我偷偷從她指縫中溜了出來。阿彌陀佛喔！」

木炭說：「但是，我們現在該怎麼辦呢？」

蠶豆說：「依照我的想法，我們三個既然都能幸運的死裡逃生，我們一定要手牽著手，團結在一起，當最好的朋友。為了避免再次遭遇到其他不幸，我們還是一起去外面去旅行吧！」

其餘兩個聽了，都非常贊成。它們便一道出發了。

不久，它們來到一條小河邊，河上沒有橋，它們都不知道該怎麼過河。

最後，麥稈想出一個好法子。

它說：「我願意橫躺在河上，你們兩個，就像過橋一樣，從我身上走過去吧！」

麥稈說完，就把身體跨在河的兩岸。

木炭天生性情急躁，立刻魯莽的跑上剛搭好的橋。可是，當它跑到橋中央的時候，聽見了腳下「沙！沙！」的流水聲，於是木炭非常害怕，便不敢再向前走了。

就在木炭猶豫的時候，它的餘溫傳到了麥稈身上，麥稈於是燃燒了起來，斷成兩截，沉到小河裡了。

木炭也跟著掉進河中，『噅』的一聲，死掉了。

蠶豆比較謹慎，獨自留在岸邊，但當它看見這一幕的時候，禁不住笑了起來。

因為笑得太厲害，蠶豆的外殼就「噗」的一聲裂開了。

這時候，如果不是湊巧有一位外出工作的裁縫路過，坐在小河旁邊休息，蠶豆也許會同樣送命的。

仁慈的裁縫，拿出針和線，把蠶豆的外殼縫好以後，蠶豆便誠心誠意的向裁縫道謝。

可是，因為裁縫用的是黑線，所以，從此以後，蠶豆的外殼上，

就留下了一道黑色的縫痕。

野狼和七隻小羊

從前從前，有一隻母羊，生了七隻小羊。這隻母羊像天底下所有的母親一樣，非常疼愛自己的孩子。

有一天，母羊想到森林裡去找尋食物，便把七個孩子叫來，吩咐牠們說：「大家好好聽著，我現在要到森林裡，找些吃的東西回來。你們在家裡，要小心大野狼喔！如果被牠闖進來，你們全部都

會被吃掉的，知道嗎？那個壞東西很會偽裝。不過，牠的聲音很沙啞，腳是黑色的，很容易認出來。知道了嗎？」

小羊們說：「媽媽，我們一定會特別小心的，請你放心好了。」

於是，母羊「咩咩」叫著，放心的出門了。

過了一會兒，小羊們聽到有人敲門的聲音，並且大聲喊叫：

「開門吧，可愛的孩子們，我是媽媽！我給你們每一個，都帶來很好吃的東西喔！」

可是，因為這聲音又沙啞又難聽，所以小羊們便知道是大野狼偽裝的。

「不開、不開！你不是我們的媽媽，媽媽的聲音很溫柔、很清脆，你的聲音沙啞又難聽。你就是大野狼！」

聽了這話，大野狼就跑到小店裡，買了一包潤喉藥吃下去，使嗓子變得很清脆，然後回去敲門，大聲喊著：「開門吧，可愛的小羊們，我是媽媽！給你們每一個，都帶回來好吃的東西了。」

大野狼的聲音變得好聽多了，但是烏黑的前腳趴在窗口，被小羊們看到了，小羊們便大聲說：「不開、不開！我們才不開呢！我們的媽媽沒有那種黑色的腳，你是大野狼啦。」

於是，大野狼趕緊跑到麵包店，對主人說：「我跌傷了腳，請你幫我敷上麵糊吧！」

麵包店的主人信以為真，便在牠的前腳敷上了一層厚厚的麵糊。

然後，大野狼又跑到另外一家麵粉店，要求老闆：「請你把白麵粉撒在我的前腳上。」

老闆心想，這壞傢伙不知道又要去欺負誰，便一口拒絕了。

大野狼卻恐嚇的說：「要是你不答應，我就吃掉你。」

麵粉店的老闆害怕了，只好在牠的前腳撒上一層白麵粉。

可惡的大野狼，第三次去敲小羊家的門：「開開門，小羊啊！媽媽回來了，從森林帶回許多好吃的東西喔。」

小羊們大聲說：「先把你的前腳伸出來，讓我們看看是不是媽媽的腳。」

大野狼把腳伸到窗口，小羊們一看，是雪白的，以為真的是媽媽回來，就把門打開了。

沒想到，進來的卻是一隻大野狼。

小羊們嚇得紛紛躲了起來。

第一隻躲在桌子下面。

第二隻躲在床上。

第三隻跑進壁爐裡。

第四隻躲在廚房。

第五隻躲在衣櫃裡。

第六隻躲在洗臉盆下面。

第七隻跳進時鐘的箱子裡。

大野狼一一把牠們找出來，毫不客氣的，一隻一隻吞進肚子裡了。

躲在時鐘裡最小的那一隻，幸運的沒有被發現！

大野狼吃飽以後，走到外面的草地上，躺在大樹下睡著了。

過了不久，母羊從森林裡回來，到家一看，嚇壞了。

「哇！這是多麼可怕的情景啊！」

大門是全開的，椅子東倒西歪，洗臉盆也碎成好幾片，床上的被單枕頭也亂七八糟。母羊到處找不到小羊，只好一個個喊牠們的名字。接連叫了好幾聲，都得不到回答。

最後，叫到最小的一隻羊時，才聽到小小的聲音說：「媽媽，我躲在時鐘的箱子裡。」

母羊把那隻小羊抱了出來。小羊就告訴媽媽，大野狼到家裡來，吃掉哥哥姊姊的事。

母羊聽到可憐的孩子們被吃掉了，哭得非常傷心。牠哀傷的跑到門外，最小的羊也跟著出去。然後呢，牠來到草地上，看見大野狼躺在樹下，鼾聲很大，連樹葉都震動了。母羊很痛恨的看著大野狼，看見大野狼肚子裡，咦！什麼東西在蠕動掙扎。母羊心裡想，被大野狼吞下去的小羊們，可能都還活著喔。

於是，牠急忙吩咐最小的小羊，到屋裡拿剪刀和針線來。母羊小心的剪開野狼的肚子，剛剪第一刀的時候，就有一隻小羊探出頭來。接著，又一刀一刀剪下去，六隻小羊便一隻跟著一隻跳了出來。

牠們不但全部活著，而且沒有受到一點傷害，因為大野狼太餓了，把牠們整隻吞下去，根本來不及咬。

「這真是太幸運了！」小羊們都高興的擁抱著母羊，又叫又跳。

母羊說：「好了！現在你們快去找些石頭來，趁著這個壞東西還在睡覺，把石頭裝進牠的肚子裡。」

七隻小羊很快的找了許多石頭，裝進大野狼的肚子，直到裝不下去為止。

然後，母羊用最快的速度，把大野狼的肚皮縫起來。大野狼一點感覺都沒有，連動也沒有動一下。

不久，大野狼終於睡飽了，一醒來就因為肚子裡裝滿石頭，感到非常口渴。

可是，當牠站起來，想到井邊喝水的時候，肚子裡的石頭互相碰撞，就發出「喀啦！喀啦！」的聲音。

大野狼叫了起來：「奇怪，肚子

裡喀啦、喀啦響的，到底是什麼東西，我吃了六隻小羊，怎麼好像變成了一堆石頭啊？」

牠走到井邊，剛彎下腰想要喝水時，由於肚子裡的石頭太重了，就一頭栽到井裡淹死了。

七隻小羊看到這種情形，跑過來叫著：「大野狼死了！大野狼死了！」

牠們高興的圍繞在井邊，和母羊手拉著手跳起舞來。

狐狸和馬

某個地方有個農夫，養了一匹馬，他的那匹馬很勤勞。但是，馬的年紀漸漸大了，終於沒有力氣工作，農夫就不理牠，也不拿飼料給牠吃了。

有一天，農夫對馬說：「你已經失去利用的價值，照理不應該讓你留下來。不過，看在你過去很努力工作，可以給你一個機會。

快去拖一頭獅子回來。現在就出發去找獅子吧！」

馬很傷心的離開主人家，走進了森林，希望能夠找到一個棲身的地方。

不久，遇到了狐狸。狐狸看見牠哭喪著臉，問牠怎麼了？

馬說：「我年輕時賣力為主人工作，現在年紀大了，主人嫌我沒力氣、工作效率不好，不給我飼料吃，而且還把我趕了出來。」

「難道他不為你以後的日子著想嗎？」狐狸問道。

馬流下眼淚說：「想起來真令人心寒！主人明明知道我老邁無力，卻叫我要拖著一頭獅子回去，證明我還有用，才要讓我留在家裡。」

狐狸說：「不必難過，我來為你想辦法。你現在就躺下，假裝死了的樣子。」

馬聽狐狸的話，立刻躺下，把前、後腳伸得直直的。

狐狸於是跑到獅子住的洞口，大聲喊說：「獅子大哥，你一向對我很好，我一直很想報答你，現在總算找到了機會了。那邊有一匹死馬，我帶你去，讓你好好飽餐一頓馬肉。」

獅子信以為真，隨著狐狸來到裝死的馬旁邊。

狐狸說：「依我看，獅子大哥在這吃馬肉不太好，我來把馬的尾巴綁在獅子大哥的尾巴上，讓你把牠拖回洞裡慢慢享用吧！」

獅子覺得有道理，就躺下讓狐狸擺布。狐狸用馬尾巴把獅子的腳綑綁在一起，使牠無法動彈，然後拍拍馬背，說：「老馬，用力拉吧！」

馬跳起來，使出全身的力氣，拖著獅子往回跑。獅子氣得大聲吼叫，森林裡的小鳥全部都被嚇飛了。馬理都不理，拖著獅子穿過森林、穿過原野，回到了主人家。

主人看到這情形，想了想，對馬說：「留下來吧！老馬，你以後不必再工作了。」

從那天起，主人改變心意，每天給馬吃足夠的飼料，直到牠死為止。

布來梅樂隊

有一個人，他養了一隻驢子。這隻驢子呢，從來就不抱怨，辛辛苦苦的為主人工作很多年，每天都要載送大袋子到磨坊去。

驢子的年紀大了，力氣漸漸的用盡，幾乎沒有辦法再繼續工作。

於是，這主人想要丟掉這麻煩的東西。

老驢子知道主人對牠的態度不同了，便偷偷的逃出來，朝著布來梅出發，牠想牠或許能夠參加布來梅鎮的樂隊。

走了一會兒，牠發現一隻獵犬躺在路旁邊，跑得似乎很累，正「呵、呵」的喘著氣。

驢子問獵犬說：「喂，猛犬兄！你為什麼這樣『呵、呵』的喘氣啊？」

這獵犬就說：「我已經老了，身體一天比一天差，再也沒有辦法和主人一起去打獵，主人呢，就想要殺掉我。所以我逃了出來。可是，不知道今後要怎麼生活。」

這驢子說：「我想到布來梅去參加當地的樂隊，你認為怎麼樣？要不要跟我一起加入樂隊啊？我來彈吉他，你來打大鼓。」

獵犬說：「好極了！」

牠們兩個便結伴同行。走了不久，牠們倆看到路邊坐著一隻貓咪，那隻貓愁眉苦臉的，好像一連下了三天的雨似的。

這驢子就問牠：「喂！你這位有鬍鬚的老紳士，有任何煩惱的

事嗎？」

貓咪就說：「遭遇到這麼危險的事，誰還能夠輕鬆呢？我的年紀也大了，牙齒就越來越鈍，要我去追老鼠，還不如躲在暖爐後面呼呼大睡來得舒服呢。女主人把我的頭壓到水裡，想要溺死我。雖然我奮力逃出來，但是，也想不到該到哪裡去才好！」

驢子說：「一起到布來梅去吧！你不是很擅長於小夜曲嗎？可以加入樂隊的。」

貓咪覺得這是個好主意，就跟牠

們一起走。牠們三個經過一戶住家面前，看見一隻公雞，站在門檻上，用盡全身的力氣大聲的叫喊。

這驢子說：「你叫得令人毛骨悚然啊，到底發生什麼事情啊？」

公雞就回答：「明天有客人要來，殘忍的女主人叫女傭把我殺掉，煮成湯來請客。今天晚上，我就要被砍斷脖子了。因此，我要趁著還能叫的時候盡量叫！」

驢子說：「喂，紅頭兄！別在那裡等死了，跟我們一塊走吧！不管到哪裡，總比死好啊！你說對不對？你的歌還那麼美妙，一同來搞音樂，一定會有與眾不同的表現！」

這公雞很高興的就接受了這個建議。於是，牠們四個便結伴同行了。

到了傍晚的時候，牠們走進了森林裡，打算在那兒暫住一晚。驢子和獵狗躺在樹下，公雞和貓咪爬到樹上，公雞跳上最高的樹枝，那裡是最安全的。

於是，在入睡以前，公雞再一次巡視周圍，發現不遠處有微弱的燈光，便大聲對同伴說：「在不遠的地方，一定有住家，

因為我看到了燈光。」

驢子說：「那麼，我們就不得不去了，打起精神的走吧！反正這兒也不是很理想的地方！」獵犬心裡想：「到了那兒要是能找到兩三根帶肉的骨頭，就算不錯了！」

於是呢，大家就朝著燈光的方向走去。

不久，閃爍的微光，變得更大更亮了。

終於，牠們來到了燈火通明的強盜家門前。這身體最大的驢子，首先走到窗口，看一看屋內的情況。

公雞問：「灰褐色的驢兄，你到底看見了什麼？」

驢子說：「桌上擺滿了許多好吃的東西，強盜們坐在那裡，正在享受著呢！」

公雞說：「我們也想大吃一頓哩！」

驢子就說：「當然嘍！我們要是能像他們那樣，該有多好啊！」

牠們彼此呢，就商量著，怎麼樣才能把強盜們趕走。這想了想，又想了想，終於想出了一個辦法來。

於是，驢子就把前腳擱在窗口上面，獵犬呢，就爬到驢子背上，貓咪再爬到獵犬背上。最後，這公雞再飛到貓咪的頭上。牠們這樣做好以後，一聲令下，同時奏出自己的音樂。

驢子發出了叫喊，獵犬大聲的狂吠，貓咪「喵、喵」的叫著，公雞「喔、喔」的啼著。然後，一起從窗口衝了進去，玻璃劈哩啪啦的全都碎掉了。

當強盜們聽見那麼可怕的巨響，以為是魔鬼來了，嚇得縮著頭全部都跑到森林裡面去。四個同伴衝到桌旁，立刻狼吞虎嚥了起來，享受他們剩下來的菜餚，盡情的吃喝，把每一個人的肚皮撐得像球一樣。

在吃飽了以後，大家呢，各自找地方睡覺。

這驢子躺在糞堆上，這狗呢躺在門的後面，貓咪窩在還有一點溫度的灰燼旁邊，公雞呢則是停在屋梁上面。因為大家都走了一段很長的路，疲倦不堪。所以，很快的都進入了夢鄉。

在半夜，強盜們從遠遠的地方，看到屋裡面的燈熄掉了，什麼動靜也沒有。

頭目說：「我們剛才太丟臉了，還沒搞清楚是誰進來，就先逃跑。」

於是，頭目便吩咐一個小強盜回到屋裡，去探查一下情況。

小強盜看到屋裡面靜悄悄的，為了把燈點亮，他摸索著走進廚房，糊里糊塗的，錯把貓那像火一般明亮的眼睛，看成還在燃燒的煤炭，就將火柴湊上去要點火。

貓咪被激怒了，牠撲向強盜的臉，用爪子亂抓亂打，還吐口水。小強盜嚇壞了，想從後門跑出去，不幸又被睡在那門後的獵狗咬住了腳。費了九牛二虎之力，才擺脫掉獵狗。

不料呢，經過糞堆的旁邊，又挨了在糞堆上面的驢子的一腳，這小強盜慘叫了一聲。

「啊！」

這時，被吵醒的公雞，在橫梁上「喔、喔、喔」叫了起來。

小強盜拚命的跑回頭目那裡，報告說：「不得了！

屋子裡坐著一個可怕的魔女，向我臉上吹氣，她還用又尖又長的指甲抓我。

旁邊躲著一個拿著刀子的男人，用刀刺我的腳。

庭院裡面有一個黑色的怪物，用棍子打我。

屋頂上面還坐著一個裁判官，叫著說：『把那個壞東西帶來！』

我嚇死了，連忙跑了出來。」

從此以後，強盜們再也不敢回自己的窩了。

而原本打算到布來梅參加樂隊的四位音樂家，因為很喜歡新的家，所以就留了下來，不想再離開了。

聰明點子

牧羊童

從前，有一個牧羊童，他能夠很機智的回答任何問題，所以他非常有名，附近的人都知道他。

國王聽到這件事情後，根本不相信牧羊童會那麼的機智。於是，國王就命令僕人將牧羊童帶來。

國王告訴牧羊童說：「如果你能回答我所提的三個問題，我就把你當成我自己的孩子，和我一起住在王宮裡。你說好嗎？」

牧羊童問：「國王，是哪三個問題呢？」

國王說：「第一個問題是，你知道大海到底有多少水嗎？」

牧羊童回答：「國王，請你把地球上全部河流都堵住，不要讓還沒有被數到的水滴流入大海，我就可以告訴你大海裡到底有多少水喔。」

國王又問：「天空有多少星星，你知道嗎？」

牧羊童說：「嗯，國王！請給我一大張白紙。」

於是，牧羊童用一枝筆，在紙上點了無數的點，密密麻麻的，看都看不清楚。如果注意看就會眼花撩亂，根本不用說用數的了。

牧羊童在白紙上點完後說：「天上的星星和紙上的一樣多，請數數看吧！」

但是，沒有人能算出白紙上到底有多少點。

最後，國王問：「那『永恆』有幾秒鐘呢？」

牧羊童回答：「朋美崙有一座鑽石山，那座山的高度，如果用走的話需要花費一個小時。那這座小山呢深度和寬度，如果用走的話，應該也需要一個小時的路程。我知道啊，每隔一百年有一隻小鳥會飛來，用牠的嘴去磨那座山，當整座山都被磨光的時候，國王，『永恆』的第一秒鐘就已經過去啦。」

國王說：「哼嗯，你非常聰明，已經解答了我三個問題。和我一起住在王宮裡吧！」

萬事通大夫

很久很久以前，有一個姓龐名謝的貧窮農夫，他用兩頭公牛拖了一車木材到街上去賣。

有一個萬事通大夫用兩枚銀幣，將整車的木材買下。交易完畢後，萬事通大夫準備用餐，農夫探頭看，看見他吃的那麼好，心裡很羨慕。暗想：「如果我能像他那樣，不知道該有多好啊。」

於是，農夫就站在外面，等萬事通大夫吃飽後，走進來問：

「像我這種人，是不是也能和您一樣，過著這樣的生活啊？」

「可以，簡單得很！」萬事通大夫說。

「那，要怎麼做呢？」農夫問道。

「首先，要買一本ABC的書，就是第一頁有一個公雞的那本。第二，把你的車和兩頭公牛賣掉，用那些錢買一些體面的衣服和各種必要的東西。第三，叫人做一個上面寫著『萬事通大夫』的招牌，放在你家的大門口，這樣就可以了。」農夫回去後，按照他的話做了。

經過不久，城裡有一位富翁他的錢被偷了，聽說村裡有個萬事通大夫，心裡想他一定知道錢是被什麼人給偷走的。於是，富翁就乘著馬車，來到龐謝住的村莊。

富翁見到龐謝，就問他說：「你真的無所不知嗎？是的話，請你跟我回去，幫我找回被偷走的錢，好嗎？」

「好是好，不過我要帶我的妻子格麗特一起。」

富翁答應了，讓他們兩夫妻坐上馬車。到了富翁家，大廳的餐桌上已經準備好了杯盤以及菜餚。龐謝要求讓他的妻子一起用餐，富翁也答應他。於是，兩夫妻就同時上桌。

過了一會，有一個僕人端了一大盤菜餚上桌，龐謝碰碰妻子說：「格麗特，這是第一個傢伙。」他的意思是說，這是第一個端菜出來的人，但剛好這個僕人就是小偷之一，他以為萬事通大夫這句話的意思是，這就是第一個小偷。第一個僕人他作賊心虛，心裡怕得很。出去後，立刻告訴其他僕人說：「那位萬事通大夫已經知道我是一個小偷。」

第二個僕人也是小偷之一，所以啊不敢端菜進餐廳。但是，不送也不行，硬著頭皮把菜送了進來。看到他，龐謝理直氣壯的說：「格麗特啊，這就是第二個傢伙。」僕人聽了，嚇得慌慌張張的跑出去。

第三個僕人進來時，龐謝又對妻子說：「第三個傢伙。」

接著，第四個僕人端上一盤有蓋子的菜。

富翁說：「萬事通大夫，請顯出你的本領，猜猜蓋子下面是什麼菜？」

原來，盤子裡裝的是和農夫同名的螃蟹。農夫看了盤子，不知如何是好，就皺著眉頭，大聲喊道：「可憐的龐謝啊。」

富翁聽到了，大聲叫說：「你真是萬事通啊。那麼，是誰偷走我的錢，你應該知道才對吧！」

僕人害怕極了，向萬事通大夫使眼色，請他到外面去。萬事通大夫一出去，四個僕人就坦承，錢是他們偷的，並說：「只要你不告訴老闆，我們就把錢全部給你。如果你說出來，我們全部都會沒有命的。」

然後，把萬事通大夫帶到他們藏錢的地方去。萬事通大夫覺得這個主意很不錯，就回到餐廳，坐回位子上說：「老爺，我用我的書可以幫你找出錢來。」

這時候，第五個僕人躲在暖爐裡，想聽聽他是不是還知道別的事情。萬事通大夫坐在椅子上，翻開書想找畫有公雞的那頁，他翻來翻去、翻來翻去，一直找不到，於是說道：「你一定在裡面。你給我出來！」躲在暖爐裡面的那個僕人聽到了，以為在說他，嚇了一跳，連忙跑出來叫道：「這個人的確是萬事通啊。」

最後，農夫把藏錢的地方告訴了富翁，但不說是誰偷的。所以，雙方都送給他很多禮物，他也因此變成一個很有名氣的人。

三兄弟

從前，有一個老裁縫師，他有三個兒子和一隻羊。

有一天，老大帶著羊到長滿上等青草的牧地上，任牠吃草。

傍晚，要回家的時候，他問羊說：「羊啊，肚子吃飽了沒有？」

羊說：「吃得好飽啊，咩、咩！」

回到家，老裁縫師問：「羊是不是吃飽了？」

羊說：「怎麼會飽呢？我只不過是在牧地上跳跳罷了。咩、咩！」

老裁縫師大聲嚷著，跑去責罵老大說：「你竟敢撒謊，是不是存心想把牠餓死。」

於是，就把老大趕出去。

第二天，輪到老二帶羊去吃草，他把羊帶到院子，在一片綠油油的青草地吃草。

不久，要回家的時候，他問羊說：「羊啊，肚子吃飽了沒有？」

羊說：「吃得好飽啊，咩、咩！」

老二回到家，老裁縫師問：「羊是不是吃飽了？」

羊卻一樣回答說：「怎麼會飽呢？我連一片葉子也沒得吃。咩、咩！」

老裁縫師大聲叫著，衝出去責罵老二。就這樣，老二也被趕出大門。

第三天，老三把羊帶到茂密的樹林裡，找了一片翠綠的草原，讓羊吃草。傍晚，他問羊說：「羊啊，肚子吃飽了沒有？」

羊說：「吃得好飽啊，咩、咩！」

老三就把羊牽回羊欄，老裁縫師再親自問羊有沒有吃飽，羊卻回答說：「怎麼會飽呢？咩、咩！」

老裁縫師氣得跳起來，用尺在可憐的老三背上痛打一頓，老三痛得受不了，就跑出去了。

隔天早上，老裁縫師走到羊欄前面，說：「來吧！我自己帶你到草原去吃草吧！」

他牽著羊，走到綠色的矮樹叢，對羊說：「在這裡，一定可以隨你高興吃個痛快。」

於是，就讓牠一直吃到傍晚，然後問羊說：「羊啊，肚子吃飽了沒有？」

羊說：「吃得好飽啊！連一片葉子也塞不下了。咩、咩！」

老裁縫師就把羊牽回羊欄，拴得緊緊的。

走出羊欄後，又回頭問羊：「羊啊，你真的吃飽了嗎？」

誰知羊卻大聲說：「怎麼會飽呢？我只不過在牧地上跳跳罷了。咩、咩！」

老裁縫師聽了，這才知道，無端的把兒子趕出去，實在是大錯特錯。

羊被趕出去後，家裡只剩老裁縫師一個人，他很想出去把兒子們找回來。

原來，老大跑去木匠家裡當學徒，學成後，師傅送給他一張小桌子。

這張桌子看起來並不特別美觀，卻是件寶貝，只要對它說：「桌子，準備吃的！」

桌上立刻就會自動鋪好桌巾，擺上盤子、刀子、叉子，各式各樣美味的菜餚，多到幾乎要嫌桌子太小了。桌上還會出現裝滿紅酒的玻璃杯。

老大心裡想：「只要擁有這張桌子，我這一輩子是夠滿足了！」

他非常高興的帶著桌子到處旅行。

最後，他想：「不如回到父親身邊去吧！」

在回家的途中，有一天晚上，他偶然間來到一家旅店，店裡的客人很多，大家都很熱情的要他坐下來一起進餐。老大不慌不忙的把小桌子放在屋子中央，說聲：「桌子，準備吃的！」話剛說完，桌上就擺滿了山珍海味，香噴噴的味道，一直鑽進客人的鼻子。

老大說：「大家一起來吃吧，不用客氣！」

旅店的主人站在一旁看著發呆，心裡卻想著：「這真是一件寶貝。」

老大和那些客人一直鬧到深夜才躺下睡覺，旅店的主人便悄悄的拿出自己的舊桌子，和神奇的小桌子調換。

第二天，老大回到家裡，父親很高興的出來迎接。

父親問老大：「這一段時間裡面，學會了什麼？」

老大說：「爸爸，我現在已經是個木匠了，我帶貴重的禮物回來，就是這張小桌子。」

老裁縫師說：「看來這不過是張又舊又粗糙的桌子。」

老大說：「這是一張會為我們準備美食的桌子。請你邀請所有的親朋好友來，讓他們痛快的吃一頓吧！」

當他們的親朋好友都集合在屋子裡時，老大便把桌子放在房間的中央，說：「桌子，準備吃的！」

可是，桌子上什麼動靜也沒有。

可憐的老大，這才發覺桌子已經被那人掉包了，而自己好像是個說謊的人，呆呆的站在那兒，羞愧得不得了。

親友們冷言冷語的嘲笑著老大，老裁縫師默默的拿出布料，繼續做衣服。

老二被父親趕出門後，到一家磨坊去當學徒。學成以後，師傅對他說：「你工作得很好，所以我想送你一隻很特別的驢子，牠既不拉車也不背袋子。」

老二問：「那麼牠會幹什麼呢？」

師父說：「牠會吐金幣。只要讓牠站在布上，對牠說：『布里克雷布利多』，牠就會吐出許多金幣來。」

老二離開磨坊後到處旅行，當他需要用錢的時候，只要對驢子說聲：「布里克雷布利多」，金幣就會像雨點一般落下。

他在外面玩了一段時間以後，心想：「我應該回去看看父親了。」

很偶然的，他也來到了哥哥被換走小桌子的那家旅店，老二自己把驢子帶到馬廄去拴好。

旅店主人覺得非常奇怪，他心裡想，必須親自照顧驢子的人，大概很窮吧！不料，這位客人竟由口袋裡掏出兩塊金幣，吩咐旅店主人，準備最好的食物。

吃過飯後，老二拿著他的桌布，走出去旅店，把桌巾攤開，叫聲「布里克雷布利多」，驢子便吐出金幣來，像下雨一般，嘩啦嘩啦的掉在地上，旅店主人跟在後面偷偷看到一切。

等老二睡著以後，旅店主人便偷偷的跑到馬廄裡，換走了會吐金幣的神驢。

第二天早上，老二牽著驢子走出旅店，回到家裡，父親很高興的出來迎接他。

父親問了老二說：「這段時間裡學會了什麼？」

老二說：「爸爸，我現在已經是個磨坊工人了，我帶了一隻驢子回來。這不是一隻普通的驢子，牠會吐金幣。請你邀請所有的親戚朋友來，讓他們通通變成富翁吧！」

父親說：「這太好了，我再也不必拿著針線，辛辛苦苦的工作了。」

當他們的親友紛紛趕來以後，老二對大家說：「注意看喔！」

接著，他就喊了一聲：「布里克雷布利多。」

可是，沒有任何金幣掉下來。老二發覺自己的驢子被調換之後，垂頭喪氣的向大家道歉，親友們又像來的時候一樣，貧窮的回去了。

老三出了家門以後，就到一家車床師傅那裡當學徒。

由於車床的技術比較難學，所以花的時間也比較長。他學成以後，決定出門工作時，師傅稱讚他把工作做得很好，就送他一個袋子。

師傅說：「裡面裝有一根木棍。」

老三心裡想：「袋子可以背在背上，不過裡面的木棍，有什麼用呢？」

師傅好像看穿了他的疑惑，便接著說：「這根木棍很不尋常，如果有人想加害於你，只要說聲『棍子，從袋子裡出來』。它立刻會跳到對方的背上，拚命的揮舞，把他打得一個星期都無法復原。直到你說『棍子！回到袋子裡！』才會停止。」

老三向師傅道謝以後，就把袋子背在肩膀上出發了。

傍晚，老三來到了兩位哥哥受騙的旅店裡，他把袋子往桌上一放，就把沿途所看到的趣事，一一說給別的客人聽。

最後，他說：「這世界上確實會有準備餐具菜餚的桌子，和會吐金幣的驢子，都是神奇的寶貝。可是，和我袋子裡的東西比起來，就算不了什麼了！」

晚上，老三把袋子當枕頭，旅店主人以為他已經睡著了，便小心翼翼的要換上別的枕頭。

老三突然大聲叫著：「棍子，從袋子裡出來！」

棍子立刻跳出來，對準旅店主人狠狠的毒打一頓。

旅店主人發出可憐的哭叫聲。最後，終於承受不住，倒在地上，發出像蚊子叫的聲音，說：「啊！真沒想到，無論什麼東西，我都願意還給你。」

老三說：「好吧！那就可憐可憐你，饒了你吧！」

第二天早上，老三拿著會準備大餐的小桌子，牽著會吐金幣的驢子，又背著袋子，就回家去了。

老裁縫師看到最小的兒子也回來了，非常高興，問他學到了什麼。

老三說：「爸爸，我現在已經是個車床師傅了。我帶回來的是不平凡的東西，是裝在袋子裡的棍子。」

老裁縫師半信半疑，還是一樣的叫來了親友。

老三拿出一塊桌巾，鋪在地上，牽出了會吐金幣的驢子，對二哥說：「哥哥，你向驢子說話吧。」

當老二說了聲「布里克雷布利多」以後，金幣就如同下雨一般嘩啦啦的撒在桌巾上。

接著，老三拿出了小桌子，對大哥說：「你來指揮它吧！」

當老大說了一聲：「桌子，準備吃的！」

桌上立刻鋪好潔白的桌巾，大盤子裡盛滿可口的食物，老裁縫師享受一頓在自己家裡從未吃過的大餐，親友們都很愉快的一同享受著，直到深夜才結束。

隔天早上，老裁縫師便把針啦、線啦、尺啦、熨斗啦，這些做衣服的用具通通收到櫃子裡鎖起來，開始和三個孩子過著愉快美好的生活。

聰明的農家女

從前從前，有一個貧窮的農夫，他只有一棟屋子和一個女兒。這女兒對父親說：「我想懇求國王送給我們一些土地。」於是，她跑到王宮向國王請願。國王就送給貧窮的農夫一塊土地。女兒和農夫高興的整天在田裡開墾，準備播種小麥。

有一天呢，他們在田裡翻土，翻啊翻啊，突然挖出一塊純金的

臼子。

父親對女兒說：「國王真的很仁慈，送田地給我們，這金臼應該送給國王才是啊。」

但是，女兒不同意。

女兒說：「爸爸，有金臼，沒有金杵。這國王一定會懷疑我們把金杵藏起來。還是等我們挖到金杵以後，再把它送給國王吧！」

可是，農夫並沒有聽女兒的話，他拿著金臼就到國王那裡。

他說：「仁慈的國王，這個金臼是在田裡發現的，請您收下吧！」

這國王收下了金臼，懷疑的說：「除了金臼之外，沒有發現其他的東西嗎？有金臼怎麼會沒有金杵呢？把金杵一起拿來吧！」

農夫說：「沒有挖到金杵啊！」

可是，國王根本不相信農夫的話，就命令部下將農夫關在牢房裡，直到農夫拿出金杵為止。

這農夫在牢房裡面，國王的部下每天都會送上一些麵包和水，他們常聽到農夫不停的叫喊：「假如我聽我女兒的話就好了！」

於是，部下就告訴國王說：「那個農夫不吃，也不喝！在牢房裡，一直叫著『假如我聽我女兒的話就好了』。」

國王就命令他的部下，將農夫從牢房裡面帶出來。國王就當面問他：「你為什麼一直大叫『假如我聽女兒的話就好了』？」

農夫說：「我女兒告訴我，有金臼沒有金杵，國王是不會相信的。因為我不聽女兒的話，今天才會落到這樣的下場。」

國王想了想之後說：「我要見見你聰明的女兒，今天就把她帶到王宮來。」

於是，農夫的女兒就來到國王的面前。

國王對她說：「你那麼聰明，我就給你出個謎題，你猜得出來，我就跟你結婚。」

女孩回答說：「好！我試試看。」

國王說：「不穿衣服、也不裸體、不騎馬、也不坐車、不經過馬路、也不離開馬路到我這來。如果你辦得到，我就跟你結婚。」

女孩回到家裡，脫掉了衣服，站在撈魚的大魚網裡面，把自己的身體緊緊的裹著。因此，女孩就不穿衣服，也不裸體。然後，她租來了一隻驢子，把魚網綁在驢子尾巴上，自己坐在魚網上，讓驢子拖著走，這個呢就是不騎馬，也不坐車了。

驢子順著車輪的痕跡，拖著女孩走，這女孩只有大腳趾碰到地面，這就是不經過馬路，也不離開馬路了。這個聰明的女孩，到達了王宮時，國王非常高興的說：「你真聰明，解開了謎題。」

國王把女孩的父親從地牢裡面給放了出來，並娶女孩為妻，從此過著富裕快樂的日子。

有一天呢，當國王要出去閱兵的時候，一群農夫把車輛停在城門面前，出售他們砍來的木材。有的車輛套著公牛，有的套著馬。有個農夫擁有三匹馬，其中一匹生的小馬呢逃走了，躺在前面兩隻公牛的中間。

於是，農夫們就聚集了過來，發生了一些爭執。

公牛的主人說：「這匹小馬是我的，是公牛生的。」

這馬的主人說：「不是的。牠是我的馬生的。」

他們兩個互不相讓，吵得非常厲害。最後呢，只好告到國王面前，請求國王的裁判。

國王於是就判決說：「這小馬躺在哪裡，牠就是屬於誰的。」

因此，小馬就屬於公牛的主人。事實上，小馬應該是屬於馬的主人，馬的主人聽完國王的判決，就非常傷心的回家。

後來，馬的主人聽說，王后是窮苦的農家女出身，非常仁慈，因此就到王后面前請求要回小馬。

王后就說：「好！只要你答應不告訴任何人，說是我教你的，我就告訴你，要如何要回小馬。」

這馬的主人答應絕不會告訴任何的人。

然後，王后又說：「明天早上，國王要參加閱兵典禮，你就站在國王一定會經過的道路中間，拿著魚網假裝在撈魚，不斷的做，要假裝魚網中有很多的魚，擺動魚網，把魚給倒出來。」王后還教他，假如國王問到了，要如何回答。

第二天，這馬的主人就站在道路上，一直做捕魚的動作。這個時候，國王剛好經過那裡，看到這種情形，就派人去問馬的主人說：「你在這裡做什麼？」

馬的主人就回答：「我在捕魚啊。」

國王的部下說：「沒有水的地方，怎麼捕魚呢？」

馬的主人就說：「兩隻公牛會生下小馬，我也可以在沒有水的地方捕到魚啊。」

部下就把馬主人的回答報告給國王。

國王就把馬主人給叫去了，說道：「這是誰教你的啊？絕不會是你想出來的。」

但是，這馬的主人不說實話，他一再的強調，是他自己想出來的。

國王不相信，就叫部下將馬主人放在稻草堆上滾，不停的逼問。最後，馬的主人終於吐露實情說：「是王后教我的。」

國王心裡非常的不高興，於是他回到王宮，對王后說：「你為什麼要這樣欺騙我，我不要再看到你了！你回到你父親身邊去吧！」

可是，國王允許王后做最後一件事情，說道：「你可以挑一件你最喜歡、最寶貴的東西做為分手的紀念品。」王后就說：「好的！我會遵照你的意思去做。」王后親吻了國王，然後又說：「那我就要跟你分手了！」

在最後一天的晚宴上，王后吩咐了僕人，在端給國王喝的葡萄酒裡面，放進強烈的安眠藥。國王喝了很多很多，然後呢，就沉沉的睡著了。

這時候，王后立刻叫僕人拿來乾淨的白色床單，把國王給包了起來，將國王抱到王宮外面的馬車上，悄悄的把國王帶回家裡。這國王被放在床上，從白天到晚上都還在昏睡。好不容易醒了過來，看看四周，說道：「啊，我究竟在哪裡呢？」

國王叫僕人，但是都沒有人來。

最後，只有王后走過來，對他說：「敬愛的國王，你告訴我可以從王宮帶一件最珍貴、最喜歡的東西，我除了你以外，沒有更珍貴、更喜歡的東西了。所以，我就把你帶回來了。」

國王聽完感動的流淚說：「親愛的妻子，我是你的，我是你的。我們再也不要分開了。」

國王呢就將王后帶回了城堡，重新盛大的舉行了婚禮。

現在，國王和王后一定還活著。

惡魔和祖母

有一次，發生了一場戰爭。國王雖然擁有很多軍隊，但是，他沒給軍隊多少薪餉，士兵們幾乎沒有辦法生活。

因此，就有三個士兵準備逃走。

其中一個士兵對另外一個士兵說：「欸！如果我們逃走被抓到

了，就會被吊死欸，你說怎麼辦啊？」

另一個士兵回答說：「那邊有一片廣大的麥田，我們只要躲在那裡，就不會被發現了。軍隊不會來找我們的，因為他們明天就要出發了。」

於是，三個士兵就逃到了麥田裡去。然而軍隊非但沒有離開，反而駐留在麥田的四周。三個逃兵在麥田裡躲了兩天兩夜之後，餓得幾乎暈死過去。可是，他們不敢跑出去。

三個人都說：「欸！我們雖然逃出來了，可是沒有用啊！一定會死得很慘的。」

這時候，一條像火一樣的龍從空中飛來，降落在三人身旁，問他們為什麼要躲在麥田裡。

三個人回答說：「我們是士兵，因為薪餉太少，沒有法子生活嘛，所以我們就逃出來啊。可是，如果繼續待在這裡，一定會餓死的。跑出去的話，又會被絞死。哎呀！真的是進退兩難啊！」

龍說：「如果你們答應服侍我七年，我就帶你們逃出軍隊的包圍，絕不會讓任何人逮到你們。」

三個人回答說：「喔！好，既然沒有選擇的餘地。那就好，答應嘍。」

於是，龍就用爪子抓著他們三個人，飛過軍隊的上空，到達遙遠的地方。然後，將他們放在地上。

其實，龍是一個惡魔，牠給三個人一條鞭子，對他們說：「只要你們甩甩鞭子，就會甩出你所希望的錢來。然後，你們可以買馬、買車，像大人物一樣，乘坐馬車四處遊玩。但是，七年之後，七年，你們就是我的了！」說著，便拿出一本簿子，要他們在上面簽名。

接著，龍又說：「到了那個時候，我會出一道謎題，如果你們能夠解答，我就還你們自由。」

說完，便一溜煙似的飛走了。

三個人就帶著小鞭子，開始他們的旅程。

因為有了很多錢，所以他們穿著漂亮的衣服，乘坐馬車環遊世界，無論到哪裡，他們都過得非常得意、愉快，想吃就吃，想喝就喝。

不過，他們沒有做一點壞事。

時間匆匆的過去了，七年的期限眼看就要到了。其中兩個人非常的害怕不安，而第三個人卻很樂觀的說：「兄弟，何必擔心呢？我們一定有辦法解答那個謎題的。」

他們來到了原野，坐下來休息，那兩個人仍然悶悶不樂。

這時候，一個老太婆走過來，問他們是為了什麼事情傷心。

他們說：「你不會了解的，你也沒辦法救我們的。」

老太婆說：「那可不一定唷。你告訴我，到底為什麼事情而煩惱呢？」

於是，三個人就把碰到惡魔的過程，還有等七年時間一到，如果無法解開謎題，就會落在惡魔手裡，並同意將靈魂獻給他的事情，一五一十的告訴老太婆。

老太婆說：「你們如果想要得救，就必須要有一個人到森林裡去。在森林中，你會看見一個崩落的屏風，看起來好像一間小石屋，只要走進去，就可以得救了。」

兩個傷心的人心想：「那樣做也不可能會得救的。」

因此，他們動也不想動。

第三個人很樂觀，他就前往森林尋找小石屋。當他找到時，小屋內坐著一個年紀非常非常大的老婆婆，她就是惡魔的祖母。

老婆婆問他從哪裡來，要往哪裡去。

他就把所發生的事告訴老婆婆，老婆婆很喜歡這個年輕人，覺得他很可憐，就答應要幫助他。

老婆婆抬起蓋住地窖口的大石，對他說：「躲在裡面吧！外面所說的話你都可以聽得一清二楚。靜靜的坐在那裡，絕對不能動，等龍來了，我就問他那個謎題，他會詳細告訴我，你要好好記住他的回答。」

半夜十二點，龍飛回家中，肚子餓了。

於是，老婆婆準備好食物，端上餐桌，龍很高興的又吃又喝。

老婆婆在聊天時就問龍：「今天的運氣怎麼樣呀，抓到了幾個人的靈魂呢？」

龍回答：「今天不太順。不過，很久以前，我曾抓到三個士兵，他們遲早會屬於我的。」

老婆婆說：「三個士兵？那不是好東西吧，他們也許會逃走的唷！」

龍冷笑著說：「他們一定會屬於我的。我要出一個他們無法解答的謎題。」

老婆婆問：「是什麼謎題呀？」

龍說：「我可以告訴你謎底，那就是——大北海有一隻死掉的長尾猴，可以做烤肉給士兵吃。鯨魚的肋骨可以做他們的銀湯匙。中央凹陷的古老馬蹄可以做他們的酒杯。」

等龍上床睡覺後，老婆婆就搬開大石，放士兵出來。老婆婆問：「你都聽清楚了沒有？」

士兵說：「是的！我都聽清楚了，我一定可以應付過去的。」

於是，他從窗口跳出去，從另外一條路，趕緊回到同伴那裡。他告訴同伴，謎題的答案已被惡魔的祖母套出來。大家聽了都很高興，拿起鞭子甩出很多錢，樂得亂蹦亂跳的。

七年的最後期限終於到了，惡魔帶著簿子來，讓士兵們看過他們的簽名，對他們說：「我要帶你們到地獄去，在那裡，我會請你們吃好吃的東西。你們猜猜看，會吃到什麼烤肉呢？猜對了，我就還你們自由，也不必收回小鞭子了。」

第一個士兵回答說：「大北海有個死掉的長尾猴，那就是我們要吃的烤肉對吧？」

惡魔聽了很生氣，「哼、哼、哼」叫著。

又問到第二個士兵：「你們的湯匙是什麼？」

第二個士兵回答：「鯨魚的肋骨就是我們的銀湯匙。對不對！」

惡魔皺著眉頭，「哼、哼、哼」大叫了三聲。

又問第三個士兵：「酒杯呢？你知道嗎？你知道嗎？」

第三個士兵回答說：「中央凹陷的古老馬蹄，就是我們的酒

杯。」

惡魔很生氣，他已經沒辦法任意處置這三個士兵了，他怒吼了一聲，就飛走了。

相反的，這三個士兵因為擁有了神奇的小鞭子，從此就過著無憂無慮的生活了。

小紅帽

有一個人見人愛的小女孩，最疼她的奶奶送她一頂紅色天鵝絨的帽子，收到這份禮物後，女孩每天都戴著它，因此大家都叫她「小紅帽」。

有一天，小紅帽的媽媽要她帶餅乾和葡萄酒去探望奶奶，因為奶奶生病了。媽媽一再交代她，路上要小心並注意禮貌。

最後媽媽說：「趁著早晨比較涼爽，就快點出門去吧！」

「媽媽，我一定會照你的話去做，不用擔心。」小紅帽說完便出門了。

到了奶奶住的森林，大約還要走上半個小時。在森林裡，有隻野狼向她打招呼，她很有禮貌的回答，因為她並不知道野狼是個大壞蛋。

「小紅帽，這麼早你要去哪裡啊？」野狼問道。

「我要去找奶奶，因為她生病了。」小紅帽照實回答。

「那你圍裙下裝的是什麼東西呀？」

「這是媽媽做的餅乾和葡萄酒，要幫奶奶補充體力的。」

野狼又問小紅帽：「奶奶住在哪？」

小紅帽說：「離這兒大概十五分鐘就可到了。我奶奶家很好認，是在三棵大樹下，外面還有用胡桃圍成的籬笆。」

野狼在心中盤算著：「這個小女孩的肉一定很嫩，想必要比老太太美味多了。不過，這兩個我都不能放過，非把她們吃進肚子裡不可。」

野狼跟著小紅帽走了一段路，便跟小紅帽說：「哇，這些花開得多美呀！難道你沒發現？枝頭上小鳥的歌聲也很動聽。難道你沒聽見嗎？放慢腳步，小紅帽，欣賞一下眼前的景致吧！」

小紅帽一抬頭，只見金色的陽光從樹葉的細縫間灑下，美麗的花朵都紛紛展露出嬌顏。「如果奶奶也能夠欣賞到這些美麗的花朵，心裡一高興，病也一定會好得更快，而且現在時間還早，我不如摘一些呢？」小紅帽心裡想，反正在天黑之前一定會趕到，就決定摘一些鮮花送給奶奶。

她摘下第一朵，又發覺前面的花更美，便又上前去摘，就這樣越走越遠，不知不覺走到了森林的最深處。

野狼便趁著小紅帽摘花的這段時間，跑到奶奶家去。

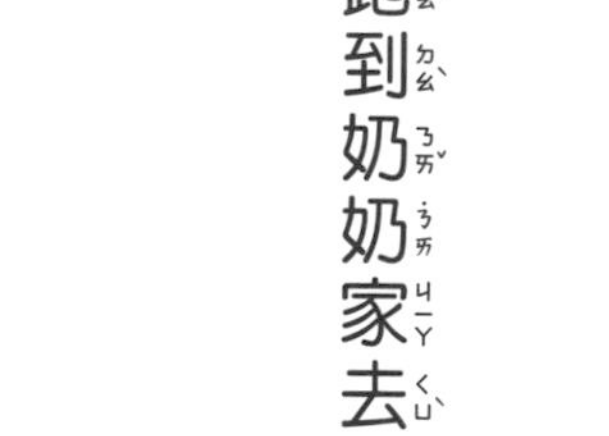

奶奶聽到敲門聲，便問：「是誰呀？」

野狼裝出小女孩的聲調，說道：「我是小紅帽，特別來看您了。」

「門沒關，你自己推進來吧！我很虛弱，沒辦法起床替你開門。」

野狼便「砰！」的一聲把門推開，來到奶奶的床邊。牠一句話也沒說的，就把奶奶給吞進肚子裡去，然後穿上奶奶的衣服，打扮成了奶奶，躺在床上。

小紅帽摘了一大捧野花，才向奶奶家走去。當她看見門開著時，隱約覺得有些不對勁，一腳踏進屋裡，立刻有股莫名的不安。奇怪了，每次到奶奶家都很開心，今天似乎有一點不一樣。於是，她大聲的叫道：「奶奶，早啊！」沒有人回答。

她來到床邊，拉開布簾，看見奶奶躺在床上。可是，奶奶的頭巾戴得好低，已經蓋到了眉毛，這模樣還真是古怪。

她滿臉疑惑的問道：

「奶奶，您的耳朵怎麼變得又長又大呢？」

「因為要聽清楚你在說些什麼啊。」

「那您的眼睛怎麼變得那麼大？」

「因為要看清楚你的臉蛋啊！」

「您的手又為什麼那麼大呢？」

「因為要抓住你，不讓你給跑掉了。」

「您的嘴為什麼那麼大？」

「因為我要吃你啊！」

野狼說著便跳了起來，一口把小紅帽吞了。

連吃了兩個人，野狼吃得好飽，便躺在床上呼呼大睡。

有一個獵人經過奶奶家，聽到很大的鼾聲，以為奶奶怎麼了，就走進去，一看，睡在床上的居然是一隻野狼。

「好極了！這個壞傢伙，我已經找你很久了！」獵人邊說，邊舉起了槍。

忽然，他想起也許奶奶才剛被吃掉，現在搶救可能還來得及，就用剪刀剪開野狼的肚子。才剪了兩三刀，就看見小紅帽在掙扎，再剪幾刀，小紅帽便跳了出來，心有餘悸的叫著：「好可怕！野狼的肚子好暗，我還以為死定了呢！」

然後，奶奶也出來了。

這時，小紅帽連忙去搬了一塊大石頭，大家一同把它放進野狼的肚子裡再縫好。等野狼醒來，想逃也沒辦法，因為肚子裡的石頭實在是太重了，根本跑不動，便倒在地上一命嗚呼。

大家都圍著野狼歡呼。獵人把野狼的皮剝下來帶了回去。

奶奶吃了小紅帽帶來的東西，又恢復了健康。

小紅帽暗自慶幸這次總算沒有發生不幸的事，也深切的了解媽媽交代的話，一定要聽，絕對不能再一個人跑到森林裡去玩耍了。

等一等，這個故事還沒有結束喔！

接下來有一次，小紅帽又到森林裡去探望奶奶，另外一隻野狼也想打壞主意，但小紅帽非常警覺，對野狼的問話，完全不搭理。

一到奶奶家，就把遇到野狼的事跟奶奶說：「幸好路上還有別人，否則野狼可能早就對我下手了。」

奶奶怕野狼會闖進來，就趕緊把門給鎖上。

不久之後，野狼果然來了。牠敲著門說：「奶奶，我是小紅帽，帶餅乾來看您了，快點開門吧！」

奶奶和小紅帽都不回答，也不開門。野狼在屋子的四周走來走去，然後跳到了屋頂上，因為牠想等到傍晚，小紅帽回家時，再把她給吃了。

不過，奶奶早就看穿了野狼的心意。

她想起門口有個大水缸，就對小紅帽說：「小紅帽，你去拿水桶來，昨天我煮了很多的臘腸，你把臘腸的湯倒進水缸裡。」

小紅帽用水桶把煮臘腸的湯倒入了大水缸，直到把缸裝滿為止。

一陣陣臘腸的香味瀰漫在空氣當中，野狼禁不住香味的誘惑，伸長脖子往下看，也許是太專注了，一個不留神，重心不穩，便從屋頂上跌了下來，掉進了裝滿臘腸湯的大水缸裡。

這隻倒楣的野狼就被淹死了。

小紅帽這才安心的回家去。

因為她知道，從此以後，她就可以保護自己，再也沒有野狼這種大壞蛋會來害她了。

守財奴

很久以前，有一位富翁，他有一個忠實又勤奮的僕人。這個僕人每天最早起床，晚上也最晚上床。遇到家裡有其他人沒有辦法做的工作，他都獨力挑起，而且一句怨言也沒有。平常即使有什麼挫折，也不發牢騷，經常面露笑容。

一年到了，主人不給他工資，他也沒有開口要。主人想：「這

樣最好了，我可以節省開支，他沒有領到錢是不會離開的。」

第二年，他和第一年一樣的工作。年終時，主人也沒給他工資，他繼續勤奮的工作。

過了第三年，主人心中不安，想拿點錢給他，手伸進口袋，卻一毛錢也捨不得拿出來。

這時候，僕人終於開口說：「老闆，我在您這裡工作已經三年了，現在我想到外地去見識見識！請你給我應得的報酬吧！」

小氣的主人回答說：「好啊！你的確很認真，我要給你足夠的報酬。」

然後從口袋裡拿出三枚銅幣，一枚一枚的遞給他，並說：「工資一年一枚銅幣，算很高的待遇唷！相信你在別的地方工作，人家不會給你這麼多報酬的。」

老實的僕人根本不知道一枚銅幣有多少價值，把銅幣收進口袋裡，心想：「我已經有足夠的錢了！今後不必再辛苦的工作了。」

於是，他從主人家裡出來，蹦蹦跳跳、哼哼唱唱的越過好幾座山。

有一天，走進一座森林時，遇到一個小矮人。

小矮人問他說：「老兄，瞧你這麼高興，要去哪裡呢？」

僕人回答說：「我的腰包裝滿三年的工資，怎麼會不高興呢？」

小矮人問道：「你的工資總共有多少？」

僕人說：「有三枚銅幣，我仔細數過了，一枚也沒少。」

小矮人說：「我是個窮人，又遇到了困難。你能把那三枚銅幣賞給我嗎？我已經老得不能工作了，你還年輕，以後賺錢的機會還多的是呢。」

僕人不但老實也很善良，馬上把三枚銅幣掏出來給小矮人說：「好吧！反正，我有錢沒錢也無所謂。」

沒想到，小矮人出乎意料的說：「像你這麼善良的人很難得見到，所以我要讓你達成三個願望，你可以對每一枚銅幣許一個願望，都會一一實現。」

僕人說：「喔！原來你是懂得法術的人。既然如此，我就說出我的願望吧！第一，我希望能有一枝百發百中的吹箭。第二，希望有一把小提琴，只要我拉它，聽到琴聲的人就會不自覺的跳起舞來。第三，希望人人都不會拒絕我對他的要求。」

小矮人說：「沒有問題！我會讓你一一如願。」

奇怪的是，說完這話，他把手伸進旁邊的樹叢裡，馬上取出吹箭和小提琴，那兩樣東西好像早就做好放在那裡等著要給他。

僕人接過吹箭和小提琴，小矮人又說：「以後你向人家要求什麼，人家都會答應你。」僕人謝過小矮人，自言自語說：「我有什麼好要求的呢？」然後，就邁開腳步向前走。

不久，遇到一位留著落腮鬍的守財奴。守財奴站在樹下，很感興趣似的聽樹上的小鳥唱歌。過了一會兒，叫著說：「好棒喔，小小的鳥兒竟能唱出這麼好聽的歌聲！如果牠是我的，或者我能抓到牠，那該有多好！」

僕人說：「那並不難，我來叫牠下來吧！」於是，他把吹箭對準小鳥吹出去，小鳥馬上掉落在樹叢裡。他對守財奴說：「朋友，快去把牠撿起來吧。」

「太好了，我這就去撿起來。本來可以讓狗兒幫我撿的，但牠看見你這德性，恐怕不敢過來。」守財奴說完，就趴在地上，爬進樹叢中。

僕人聽守財奴講話那麼刻薄，想跟他開開玩笑，就拿小提琴出來拉。守財奴在樹叢中立刻抬起腳來，僕人繼續拉，他就開始跳舞了。不一會兒，上衣被灌木的刺撕破了，鬍子也被扯來扯去，手也被刺得傷痕累累。

「老兄，你的小提琴怎麼搞的？不要拉了，我不喜歡跳舞啊！」守財奴大叫著。

但是僕人不理他，心想：「這傢伙，過去不知道欺負了多少人，不讓他吃點苦頭怎麼行！」僕人不停的拉著小提琴，最後，守財奴的衣服被扯得破爛不堪，血不斷的從身體各處流出。

守財奴大聲叫道：「哇，痛死我了！老兄，不要拉了，你要什麼都可以給你，錢包你也可以拿去。」

「如果你真的這麼大方，我就不拉了。不過我還是要稱讚你，你的舞跳得這麼好，稱得上是天下第一好手。」僕人說完，守財奴從樹叢中爬出來，僕人就拿起了他的錢包走了。

守財奴目送僕人的背影離開後，大聲罵道：「下流的流浪漢，卑鄙的小人，總有一天，我要抓到你，把你送去坐牢！」

吼叫過後，氣也消了一點，就到街上的法院去找法官，說：「法官大人，我被壞人整得好慘喔！請你看看我身上的傷痕，那傢伙搶走我的錢包，還欺負我。我的錢包全部是金幣啊！請大人主持正義，把他抓起來繩之以法！」

法官立刻派人去抓僕人，在他身上搜到守財奴的錢包，就把他帶到法院。法官要判他搶錢的罪，僕人說：「我拉小提琴，守財奴受不了，要求我不要再拉，而自動給我錢，我根本沒有犯罪。」

「胡說八道！請大人處罰這說謊的強盜。」守財奴說。

法官就以在公共場所搶劫的罪名判他死刑。

僕人被帶走時，守財奴在後面大聲叫罵：「你這惡棍！流氓！終於得到報應了！」僕人鎮定的和行刑的人一起步上絞首臺的臺階，上到最後一階時，回頭過來對法官說：「在我臨死前，請答應我一件事。」

法官說：「好啊！但是你想求饒是不可能的。」

僕人回答：「我不會求饒的。我只想再拉一次小提琴，作為離開人間前的紀念。」

守財奴大叫：「千萬不要答應他！」

但法官說：「他馬上就要受刑了，讓他完成心願吧！」

又轉向僕人說：「好！我答應你，你拉吧！」

因為僕人具有隨時可以達成願望的力量，所以法官無法拒絕他。

這時，守財奴大叫道：「快、快！快點把我綁緊。」

同一時間，僕人已拿出小提琴，順手一拉，絞首臺上所有的人，包括法官、書記官，以及看熱鬧的人，都開始搖擺起來。

應守財奴的要求，拿著繩子要綁他的小士兵，繩子從手上掉下來。小提琴聲響第二次時，大家都抬起腳準備跳舞，行刑官也放開受刑人。小提琴聲響第三聲時，所有的人都跳了起來。法官和守財奴跳得最快。

不久，凡是到廣場來的，無論男女老幼，全都混在一起跳得很厲害。僕人拉得越起勁，大家就跳得越瘋狂，如此一來，頭互相撞來撞去，叫苦聲響徹全場。

最後，法官無法忍受，叫道：「好了，饒你一命，不要再拉了！」

僕人這才把小提琴收起來掛在脖子上，從絞首臺上走下來，走近倒在地上喘氣的守財奴，對他說：「你這個壞蛋，錢包裡的錢是哪來的？如果不從實招來，我就要再拉小提琴了！」

守財奴叫道：「是搶來的，是我搶來的！我給你，心甘情願的給你。」

於是，法官下令把守財奴送上絞首臺，以搶劫罪名把他處死。

麵包屋

在一個廣大的森林邊，住著一位貧窮的樵夫和他再娶的妻子，以及前妻生的兩個孩子，男孩名叫韓森，女孩名叫葛蕾特。

樵夫窮得三餐不繼，一天晚上，在床上憂慮的翻來覆去，老是睡不著，便嘆了一口氣，對妻子說：「我真不知道該怎麼辦才好，我們自己都沒東西吃了，要怎麼來養活那兩個可憐的孩子呢？」

妻子說：「孩子的爹！明兒一早，我們就把孩子帶到森林中，把他們丟在那裡。這樣我們就可以省掉很多麻煩了。」

樵夫說：「不，你不可以這樣！這種事我辦不到。」

妻子說：「你怎麼那麼傻！不這樣做，我們就要一同餓死了。」

樵夫被妻子嘮叨個不停，只好同意了。

兩個小孩因為肚子太餓，睡不著覺，聽到了後母和父親說的話。

葛蕾特流下傷心的眼淚，對韓森說：「唉！我們完了。」

韓森說：「噓！葛蕾特不要這麼傷心，我來想辦法。」

等雙親睡著以後，韓森就起床，偷偷的跑到外面。

月光照亮了路上的白色石頭，亮晶晶的，彷彿鋪著金幣似的。

韓森蹲了下來，把石頭裝滿了上衣的口袋，回家對葛蕾特說：「你放心好了，葛蕾特，不要擔心。」

天快亮時，後母就來叫兩個小孩：「起床吧！你們這兩個懶骨頭，快點到森林裡去撿木柴去！」

然後，遞給他們每人一塊麵包，吩咐說：「這就是你們的中餐。」

走了一會兒，韓森就停住，回頭望望自己家的方向。這種動作重複了幾次以後，父親說：「韓森啊，你在看什麼呢？好好看著路，小心走。」

韓森說：「啊！爸爸，我在看屋頂上，那隻跟我說再見的白貓。」

後母說：「你真是傻瓜！那是被陽光照亮的煙囪。」

其實，韓森是把會發亮的小石頭，從口袋裡掏了出來，一個個的撒在路上。

當他們來到了森林中央，父親便說：「孩子們，去撿木柴吧！

我先替你們生火，免得你們受凍。」

韓森和葛蕾特撿了一堆柴，堆得像小山，父親點燃了火，火焰熊熊的升起來了，後母說：「你們躺在柴火邊好好的休息，我要和爸爸到森林中去砍樹。」

到了中午，他們就把麵包吃完了，聽到砍樹的聲音，以為爸爸就在附近。其實，那不是砍樹的聲音，而是父親把樹枝綁在枯樹上，風一吹來，所發出的響聲。

過了很久，兄妹倆非常疲倦，就睡著了。等他們醒過來時，四周已是黑漆漆一片。

葛蕾特哭著說：「我們要怎麼樣走出這座森林呢？」

韓森安慰著她：「等到月亮出來，就可以找到回家的路了。」

當一輪明月升起，韓森牽著妹妹的手，小石頭閃閃發光，為他們指引出一條路來。天快要破曉的時候，他們回到家敲敲門。

後母打開門，看見他們，大吃一驚地說：「你們真是壞孩子！我還以為你們不會回來了呢。」

之後，有一天晚上，兩兄妹又聽到後母在床上對著父親說：「家裡的食物又快吃完了，不管怎麼樣，我們都必須把孩子趕出去。」

父親心裡很難受，心想：「即使是最後的一塊小麵包，我也要和孩子們分享。」

可是，妻子一直責罵丈夫，所以樵夫也無可奈何的點點頭又答應了。

孩子們沒睡，聽見了他們的談話。

韓森想再到外面去撿小石頭，但是門被後母緊緊鎖上，沒有辦法出去。

韓森安慰妹妹說：「不要哭！葛蕾特，安心睡覺吧！老天會保佑我們的。」

第二天一大早，後母就把孩子們從床上趕下來，分給他們比上次更小的麵包。

當他們走向森林時，韓森在口袋裡把麵包弄碎，把麵包屑丟在地上。

父親問他：「韓森，你為什麼停下來東張西望呢？」

韓森說：「我是在看停在屋頂上，想對我說再見的小鴿子。」

後母說：「傻瓜！那是被陽光照亮的煙囪。」

韓森一次又一次的把麵包屑丟在地上。

後母帶著他們走到森林的更深處，父親在那邊生起火來。傍晚過了，父親也沒回來帶他們。兩個小可憐就一直睡，到半夜才醒過來。

韓森安慰妹妹說：「葛蕾特，等月亮出來後，我們就可以找到回家的路了。」

但是，森林中的小鳥們把麵包屑啄光了。他們整夜不停的走，仍然無法走出森林。

隔天早上，一隻雪白美麗的小鳥，停在樹枝上，歌唱得非常優美，兄妹倆就站在樹下，靜靜的聽著。

小鳥唱完歌，就拍拍翅膀，飛走了。兄妹倆跟著小鳥跑好了一會兒，看到一間小小的屋子。

他們倆走到小屋一看，不由得驚奇的睜大眼睛，因為小屋是麵包做成的，屋頂鋪著餅乾，而窗子是白糖做的。

韓森很高興的說：「讓我們來享受豐盛的一餐吧！」

這時，小屋傳來溫柔的叫聲：「誰把我的房子咬得喀啦喀啦響的呀？」

孩子們回答：「那是風、那是風！是在天上飛的頑皮孩子啊！」

說完，他們又繼續吃。

韓森覺得屋頂太好吃了，便撕下一大塊。

葛蕾特也拆下一整塊玻璃，吃個痛快。

忽然間，門開了，一個老太婆拄著拐杖，不聲不響的走出來。

兄妹倆嚇了一跳。

老太婆晃著腦袋說：「啊！可愛的孩子們，快點進來！以後就永遠住在這裡吧。」

老太婆的親切，完全是偽裝的。原來這個

老太婆是一個非常可怕的壞巫婆，把孩子殺來吃掉，才是她最高興的事情呢。

巫婆有紅紅的眼睛，雖然可以看到很遠的地方，但是太近的東西反而看不到，還有她的鼻子像野獸一般靈敏。

第二天早上，巫婆抓住韓森，把他帶到小小的獸檻裡關起來。接著，她又把葛蕾特搖醒，大聲罵道：「起來！你這個懶惰鬼，去打水來，給你哥哥煮些好吃的東西。等他長胖了，我就要把他給吃掉。」

每天早上，巫婆都會到小屋前大聲怒吼著：「韓森！把你的手指伸出來，讓我摸摸看你長胖了沒有。」

聰明的韓森，拿了一根小骨頭伸了出去。

巫婆的眼睛看不清楚，以為那骨頭就是韓森的手指。

過了四個星期，韓森仍然那麼瘦，巫婆就不想再等了。她向葛蕾特吼起來：「葛蕾特，不要發呆！趕快去打水來，明天要把他殺掉煮來吃啦。」

第二天一大早，巫婆把葛蕾特推向火勢很旺的爐灶邊說：「到裡面去，看看火是不是夠大，是不是可以把麵包放進去烤了。」

葛蕾特已經看穿巫婆的心思，她說：「不曉得應該要怎麼進去呢？」

巫婆說：「你真傻！爐灶不是夠大的嗎？連我都進得去哩，仔細看好哩！」

葛蕾特趁著巫婆把頭伸進去爐灶的時候，用力一推，將鐵門關上，爐灶中傳來巫婆的呻吟聲。

葛蕾特大聲叫著：「韓森哥哥！我們得救了，殘酷的巫婆已經死了啊！」

兩個人走進巫婆的小屋，他們看到每一個角落都放著裝有珍珠和寶石的箱子。

於是，韓森拚命的往口袋裡塞：「我要帶一些回家去。」

葛蕾特也把自己圍裙的袋子裝得滿滿的。

韓森說：「走吧！我們快點從森林逃出去吧。」

父親自從把孩子丟在森林以後，就一直受到良心的責備，過得很不愉快。

狠心後母也已經離開了，只剩下他孤零零的一個人。

兄妹倆好不容易從森林中逃了出來，回到家後，見到了父親，三個人開心的擁抱在一起，跳起舞來，這時候葛蕾特興奮的把圍裙掀開一轉，屋子裡撒滿了珍珠和寶石。

從此以後，什麼憂慮都沒有了，他們三個人，開始過著快樂的生活。

瘦小的莉莎

瘦小的莉莎有兩位鄰居，一位是懶惰的哈因茲，另外一位呢，是胖子杜莉妮。他們兩個因為太懶惰了，所以啊，無論碰到什麼事情，都沒有放在心上。但是瘦小的莉莎卻不一樣，她凡事都要一想再想，即使知道自己再怎麼想都沒有用，卻還是照樣要想。

莉莎她一天到晚都非常努力的工作，但是卻還是留下許多做不完的工作，要給高個子列茲做，常常逼得列茲要搬非常、非常重的物品。雖然如此，他們的生活卻沒有改善，也沒有半點儲蓄，連一點零用錢都沒有喔。

有一天晚上，莉莎躺在床上，累得全身都不能動彈，腦袋卻還是拚命的在想事情，所以莉莎睡不著了。

東想西想、東想西想，之後呢，她就用她的手肘碰了一下列茲的肚子說：「老公，我在想什麼，你知道嗎？我在想啊，有一天我撿到了一枚金幣，之後如果有一個人又送了我一枚金幣，然後我再去跟別人借一枚金幣，老公你再給我一枚金幣，這樣合起來，一、二、三、四，對！我就有四枚金幣了，我就可以用這四枚金幣去買一頭母牛回來。」

列茲說：「嗯，你這個主意很好！不過，你要我送你的那枚金幣，我還不知道在哪裡，如果你真的能湊足那一、二、三、四，四枚金幣，那就按照你想的，買一頭母牛回來養吧！以後啊，母牛生下小牛的時候，你只要給我一點牛奶喝，讓我補充補充營養就行了！」

莉莎說：「那怎麼可以呢？牛奶是要給小牛喝的，小牛有了足夠的營養，才能夠長得肥肥壯壯的，才可以賣到好價錢啊！」

列茲回答道：「說的也是。不過，分一點給我喝，也不礙事吧。」

莉莎一聽，生氣的吼了起來：「是誰教你這一招的，不管礙不礙事，我都不給你喝。即使你以後站不起來，你生病了，也別想喝到我一滴牛奶。可惡的列茲，你為了補充營養，就想喝掉我用來賺錢的牛奶，你也太沒有良心了吧！」

這個時候，列茲生氣了：「你給我安靜下來，不然我就揍你。」

莉莎回答說：「怎麼樣，難道我說錯了嗎？你這個大笨蛋，跟懶惰的哈因茲還有胖子杜莉妮一模一樣。」莉莎她邊罵邊伸手去拉列茲的頭髮。

高個子的列茲就生氣了，突然間站了起來，一隻手抓住莉莎又瘦又小的手，另外一隻手，把莉莎的頭按在枕頭上，不管莉莎怎麼罵，他也不鬆手。後來莉莎因為罵得太累了，就睡著了。

第二天早晨，莉莎醒來後，是繼續和高個子列茲吵架，或者是出去尋找金幣，都沒有人知道。

夢幻綺情

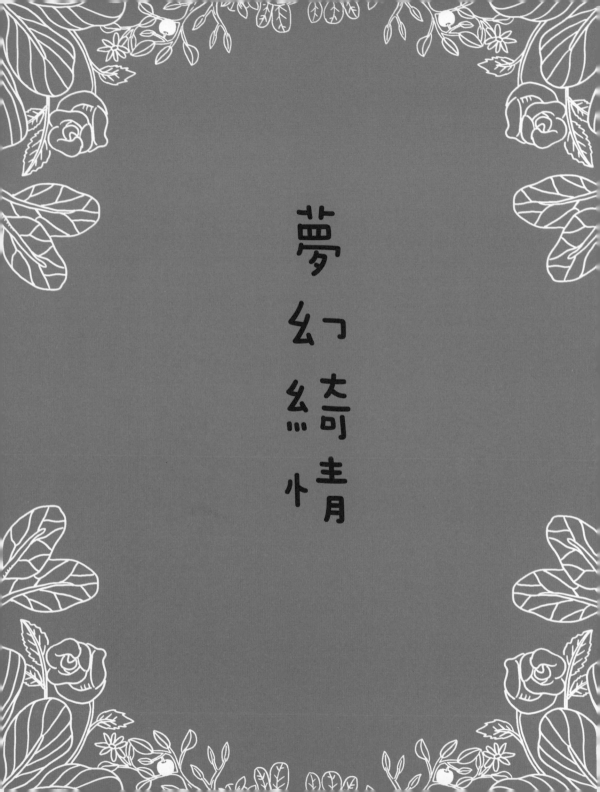

翹鬍子國王

從前，有一位公主，她雖然長得很漂亮，但是既驕傲又任性，儘管向她求婚的人很多，卻沒有一個是她中意的，不但全都加以拒絕，並且還嘲笑他們一番。

有一次，國王舉行了盛大的宴會，邀請各地想向公主求婚的男

士來參加。

這些男士按照地位和身分的高低排成一列，首先是國王，其次是公爵、侯爵、伯爵、男爵，最後就是騎士了。

公主對每一個向她求婚的人，加以取笑並挑出毛病。

其中一個很胖的，就叫他「酒桶」。

另一個太高了，就叫他「站不穩的竹竿」。

第三個個子太小，就叫他「笨矮」。

第四個，因為臉色慘白，就叫他「青葫蘆的死神」。

第五個，因為臉色太紅，就叫他「紅冠公雞」。

第六個，有點彎腰駝背的，就笑為「放在火爐後面還沒烘乾的樹」。

驕傲的公主，就這樣一個一個毫不留情的，指出每個人的缺點。

她也不放過站在最前排，那位風格高尚的國王，反而更加挖苦他，因為這位國王的下巴有點彎曲，蓄著一撮小鬍子。

公主大笑著說：「那個人的下巴，簡直就像一隻鳥的嘴嘛！」

從此，那位國王就被稱做「翹鬍子國王」。

老國王看到自己的女兒嘲弄所有來求婚的人，氣得當場對天發誓：「我要把這驕傲的女兒，嫁給第一個來到門口討飯的乞丐。」

兩三天以後，有一個賣藝的人，邊走邊唱想要獲得一點施捨。

他來到王宮的窗子下面唱起歌來了，國王聽到歌聲後，就對侍衛說：「把那個人請進來。」

於是，那個衣服又髒又破的乞丐，被帶到國王和公主的面前，他唱完歌以後，就請求賞賜一點東西。

國王說：「你唱得很好，我非常喜歡。所以，我把公主嫁給你。」

公主聽到這一句話，嚇了一大跳，堅決的反對。

但是，國王卻說：「我已經對天發誓，不論你喜歡或是不喜歡，我都要把你嫁給第一個來討飯的乞丐。無論如何，我必須遵守自己的誓言。」

說完，他就派人請牧師來，不管公主喜歡或不喜歡，很快的為公主和乞丐舉行婚禮。

婚禮結束以後，國王對公主說：「現在，你已經是乞丐的妻子，不能再住在王宮裡，趕快跟著丈夫走吧。」

乞丐牽著公主的手，走出王宮，驕傲的公主只好跟著他去了。

當他們走進廣大的森林時，公主問：「這座美麗的大城堡是誰的呢？」

乞丐說：「這是屬於翹鬍子國王的。如果你嫁給他，這就是你的了。」

公主說：「我是多麼可憐的女人。假如我當時選擇了翹鬍子國王，那該有多好啊！」

當他們經過遼闊的草原時，公主問：「這一片翠綠的大草原是誰的呢？」

乞丐說：「這是屬於翹鬍子國王的。如果你嫁給他，這就是你的了。」

公主說：「我是多麼可憐的女人。假如當時我選擇了翹鬍子國王，那該有多好！」

乞丐便說：「你一直想嫁別人，這件事我很不高興，難道嫁給我還不夠好嗎？」

最後，兩個人來到一間小屋前面。公主一看，就大叫起來：「哎喲！怎麼搞的，這間屋子怎麼這麼小，這寒酸的小屋是誰的呀？」

乞丐說：「這就是我們的家，以後我們要住在這兒，共同生活。」

他們進門的時候，必須彎著腰，低著頭。

公主皺起了眉頭問：「丈夫，我們的僕人在哪裡？」

乞丐說：「什麼？我哪有僕人呢？一切都要自己動手啊！快點去生火！煮點東西給我吃，我累極了。」

可是，嬌生慣養的公主怎麼會生火和烹煮食物呢？

乞丐只好自己來，隨便煮一些飯菜，兩人吃完簡陋的晚餐，就上床睡覺了。

第二天早上，天還沒完全亮，乞丐就把公主從床上拉起來，吩咐她做家事。過了幾天，家裡僅有的一些食物都吃光了。

乞丐便說：「喂，我們不能這樣子坐吃山空，必須想辦法賺錢過活，你就編些籃子拿去賣吧！」

於是，乞丐出去砍了一些柳條給公主編籃子。但是編了一會兒，粗硬的柳條把公主的手割傷了。

乞丐看了說：「這怎麼行呢！那麼你去紡紗吧。也許紡紗對你比較合適。」

公主坐下來開始紡紗。

但是，毛線非常硬，割傷了公主柔嫩的手指，鮮紅的血一滴滴的落下來。

乞丐很生氣的說：「你什麼事都不會做，娶了你真是倒楣！這次就來試試陶瓷壺的生意，你就坐在市場裡賣東西吧！」

公主心裡想：「哎呀！這可怎麼辦呢？如果父王的人民看到我在市場上賣東西，不曉得會怎樣取笑我呢！可是，不這樣，又能怎麼樣呢？如果不想餓死，只好聽從丈夫的話。」

剛開始的時候，一切都很順利，因為公主長得很漂亮，大家都喜歡去買她的東西。甚至有的人只付了錢，根本不把瓷器帶回去，生意很順利。

於是，他們過了一段平靜的日子。

不久，乞丐又購買了一大批新的陶瓷，要她帶到市場去賣。

公主把東西擺在市場的角落。突然，有一個喝醉酒的騎兵騎著馬，衝到公主身旁，把陶瓷踩得粉碎，然後就走了。

公主害怕的不知怎麼辦才好，眼淚一顆一顆的掉下來。

她想：「唉！回去不曉得會怎麼樣，丈夫會怎麼責備我呢？」

公主跑回家去，把這件事告訴丈夫。

丈夫說：「誰叫你把陶瓷擺在市場的角落，這不能怪別人。好啦，別哭了，我早就知道你什麼正經事都做不好。不久以前，我到國王的城堡裡問問，是否需要一個廚房的女傭。結果，他們答應用你，這樣你就可以有東西吃了。」

公主就這樣變成了王宮中廚房裡的女傭。工作非常辛苦，每天累得不得了。她把兩個小壺放在袋子裡，緊緊的綁在身上，將剩餘食物裝進去，帶回家與丈夫一同享用。

有一天，老國王的長子要舉行婚禮，這個貧窮的女傭就站在大廳的門口參觀。

燈亮了，她見到許多穿著華麗，態度優雅的賓客，一個接著一個的進來。

看到大廳輝煌的燈光時，她傷心的想起了自己的身世。

由於自己的驕傲和任性，失去了一切，變得既窮苦又低賤，公主對自己的命運覺得又難過又後悔。

賓客到齊以後，美味的食物一盤又一盤的端上桌，不斷鑽進公主的鼻子。

僕人們偶而會把客人吃剩的食物，分一點給公主。公主得到這些平時不常吃的菜餚，非常高興，就小心翼翼的裝入小壺中，想要帶回家去。

這時，王子突然走進來，他身上穿著天鵝絨的衣服，脖子上掛著金項鍊。王子看到美麗的姑娘站在門口，就抓住她的手，想要跟她一起跳舞。

公主仔細一看，原來這位王子不是別人，正是曾經向她求婚而受到嘲笑的翹鬍子國王。她嚇了一跳，趕緊拒絕。

但是，拒絕也沒有用，王子把公主拉到大廳裡，結果繩子斷了，裝滿食物的小壺，「砰」的一聲掉下來，菜湯都流了出來，吃的東西倒了滿地。

大家看著她，爆出一陣大笑，公主覺得非常的難堪，恨不得有個地洞可以趕快鑽進去，想衝出大廳逃回去，但是在臺階上被一個男人追上了，帶回大廳。原來又是翹鬍子國王。

翹鬍子國王很溫柔的對公主說：「不用害怕！我就是那個賣

藝的乞丐。我是為了你才裝扮成那個樣子的。騎馬衝到你的面前，把陶瓷壺踩碎的那個騎兵也是我。我這樣做，完全是為了挫你的傲氣，處罰你。」

公主聽了，心如刀割一般，非常羞愧，哭著說：「我錯了！我沒有資格做你的妻子。」

翹鬍子國王安慰她說：「放心吧！惡夢已經過去了，現在來慶祝我們的婚禮吧！」

女僕們立刻走進來，替公主穿上非常漂亮的衣服。

接著，公主的父親和僕人們也都來了，一起參加這場盛大的婚禮。

公主這才第一次展現真正喜悅的笑容！

萵苣姑娘

從前，有一對夫婦，他們很想要一個小孩，但是這個願望始終沒有實現。好不容易，靠神的保佑，妻子終於懷孕了。

他們住家的後方，有一個很美的庭院，被一堵高高的牆圍著，裡面種了許多美麗的花草和蔬菜。這個庭院是屬於一個巫婆的，那

巫婆法力無邊，大家都怕她，從來沒有人敢踏入庭院一步。

一天早上，妻子望著庭院，看到裡頭種有很多嫩綠的萵苣，看起來非常好吃。她想吃的慾望，一天比一天強烈，但她知道，她無法吃到，因為從來沒有人敢踏入巫婆的庭院。於是，妻子日漸憔悴，臉色變得越來越蒼白，奄奄一息的樣子。

丈夫看不下去了，就問妻子說：「你有什麼地方不舒服嗎？」

妻子回答說：「唉，我要是吃不到對面庭院中的萵苣，就會死掉！」

很疼愛妻子的丈夫心想：「與其眼睜睜的看著妻子就這樣死

去，不如去把萵苣摘回來，不管會遭遇到怎樣可怕的後果，我都必須冒險一下。」

傍晚，他爬過了圍牆，跳到巫婆的庭院中，很快的摘了一把萵苣。回到家裡，他的妻子很高興的把萵苣做成沙拉，全部吃掉了。

因為萵苣實在太好吃了，第二天，妻子就想吃三倍的分量。為了使妻子的心能夠平靜，丈夫不得不再趁傍晚的時候，又跑到那個庭院去了。

當丈夫順著圍牆，跳落庭院時，他大吃一驚，巫婆就站在他的眼前。巫婆很生氣的瞪著他說：「你好大的膽子！竟敢闖進我的庭院來偷萵苣，我非給你好看不可。」

丈夫懇求道：「請你原諒！我是不得已的，因為我的妻子看見你庭院中的萵苣，非常想吃，如果她吃不到便會死。」

巫婆聽了，口氣才稍稍溫和一些。她說：「假使你說的是實話，那麼你要多少萵苣，我就給你多少萵苣。但是，你要答應我一件事，你妻子生下來的小孩要送給我，我會像母親一樣照顧他，讓小孩過得很幸福。」

丈夫心裡很害怕，只好答應了。過了不久，妻子生下一個女孩，巫婆果真來到他們的家裡，給孩子命名為萵苣，然後就把她給帶走了。

萵苣姑娘越長越美麗，是世界上無可比擬的美麗女孩。到了十二歲時，巫婆就把她關在森林中的一座塔裡，這座塔裡既沒有門，也沒有樓梯，只在塔的頂端開了一扇小小的窗戶。

當巫婆想進入塔裡的時候，就站在塔下大聲叫：「萵苣姑娘、萵苣姑娘！把你的長髮垂下來吧。」

萵苣姑娘有一頭又長又亮的金髮，每當聽見巫婆的叫聲，她就把辮子解開，纏在窗口的鎖上，讓長長的頭髮垂到十公尺下面的地上，巫婆就順著頭髮攀上去了。

過了兩三年，有一天，一位王子騎馬經過森林。他聽到塔裡傳來非常美妙的歌聲，他就停下來側耳傾聽。原來萵苣姑娘為了排遣寂寞，每天都唱歌來打發時間，王子聽了，就很想進入塔裡看一看唱歌的女孩，卻偏偏怎麼樣都找不到入口。於是，只好失望的騎著他的馬回到城裡去了。

但是，王子心裡深深的被歌聲感動。所以，他每一天都來到森林裡靜靜的傾聽。

有一天，王子站在樹下，看到巫婆走了過來，向上面叫著：

「萵苣姑娘、萵苣姑娘！把你的長髮垂下來吧。」

於是，金絲般的長髮就從塔頂垂了下來，巫婆便攀著頭髮爬上去。

王子看了，心裡想：「喔！原來是把那個當梯子爬上去，那麼我也來試試吧。」

第二天傍晚，王子來到塔下，大聲叫道：「萵苣姑娘、萵苣姑娘！把你的長髮垂下來吧。」

於是，長髮立刻垂了下來，王子就攀著頭髮爬上去了。

萵苣姑娘看到上來的是一個陌生人，感到非常驚嚇，王子很坦率的說：「我是被你的歌聲感動了，才忍不住想要上來看看你的。」

萵苣姑娘聽他這麼說，就不再害怕了。

王子非常喜歡萵苣姑娘，所以就問她說：「你願意做我的妻子嗎？」

萵苣姑娘再仔細看看王子，王子很年輕又長得很英俊，她心裡想：「這個人大概會比巫婆更疼愛我吧！」

於是，萵苣姑娘就「嗯」了一聲，把自己的手擱在了王子的手上，然後說：「我很願意跟你一起走。但是，我不知道要怎樣才能下去。以後你每一次來看我，一定要帶一條絲線來，好讓我編成繩梯，等繩梯編好了，就可以下去，再讓我騎上你的馬，跟你一起回城堡。」

因為巫婆白天會來，所以，王子每天等到晚上才和萵苣姑娘會面，巫婆始終沒有察覺這件事。可是有一天，萵苣姑娘不小心說溜了嘴：「奶奶，拉你上來，要比拉王子重多了。請告訴我這是什麼道理呢？王子一眨眼就可以爬上來到我的身邊。」

巫婆罵道：「你說什麼？你真是不聽話！我以為我可以把你和世間隔離，沒想到你還是欺騙了我。」巫婆非常生氣，就抓住萵苣姑娘美麗的長髮，在左手上纏了兩三次，右手拿著剪刀，「喀嚓、喀嚓！」把頭髮剪斷，美麗的頭髮就掉在地上了。

巫婆的心地很壞，她把可憐的萵苣姑娘帶到荒野，讓她孤零零的在那裡，過著痛苦而悲慘的生活。那個晚上，巫婆把剪下的長髮，纏在塔上窗戶的鎖上。

果然，不久之後，王子來了，他在塔下大聲叫著：「萵苣姑娘、萵苣姑娘！把你的長髮垂下來吧。」巫婆就把頭髮放下，王子爬上去後，發現眼前的人不是美麗的萵苣姑娘，而是一個巫婆，正用惡毒的眼光瞪著他。

「哈、哈、哈、哈、哈！」巫婆嘲笑似的發出了一陣怪笑，大聲說：「你準備來迎娶你可愛的新娘嗎？不巧的很，美麗的小鳥已經不在這裡了，她被貓吃掉，也不會再唱歌了。你的眼珠說不定也會被挖出來，永遠看不見萵苣姑娘了。」

王子失去了希望，在悲傷痛苦之下，他不顧一切從窗口跳了下去。

雖然，很幸運的王子保全了性命，但是，他因為掉在樹叢裡，被荊棘刺傷了眼睛，所以從此便看不見了。王子在森林裡流浪，只能吃著草根和草莓過日子。想到失去心愛的妻子，他每天都傷心的哭泣。

王子過了兩三年這種悲慘的生活以後，有一天，他終於來到萵苣姑娘住的荒野上。這時，萵苣姑娘早已生下一男一女的雙胞胎，日子過得非常艱苦。忽然間，王子聽到一陣熟悉的歌聲，就朝著那個方向走去，萵苣姑娘認出是王子，非常高興，馬上迎了上去，兩人互相擁抱著。

就在這個時候，萵苣姑娘發現王子的眼睛看不見了，她傷心的哭了出來。萵苣姑娘用雙手撫摸著王子，她的眼淚潤溼了王子的雙眼。結果，王子的眼睛又亮起來，看得見東西了。他看到了自己日夜思念的萵苣姑娘。王子把萵苣姑娘帶回到自己的國家，受到人民熱烈的歡迎，從此以後，他們就過著幸福快樂的生活。

穿長筒靴的公貓

從前，有一位磨坊主人，他有三個兒子、一座風車、一頭驢子和一隻公貓。磨坊主人死了以後，三個兒子分到財產，結果老大分到了風車，老二分到了驢子，老三分到了公貓。

老三非常傷心的自言自語：「我最吃虧了！那公貓，什麼用處

也沒有啊！」

聽了他的牢騷，公貓說：「不如先替我做一雙長筒靴吧！」

這個時候，有一位鞋匠剛好走過，老三就吩咐他替公貓做一雙長筒靴。

公貓穿上長筒靴後，立刻在袋子裡裝滿了麥子，背上袋子，像人一樣的走了出去。這個時候，國王正為了找不到自己最愛吃的鵪鶉而煩惱。

公貓知道這回事，來到森林，就把麥子撒在地上，趁著鵪鶉吃麥子的時候，將牠們一網打盡。

背著一袋的鵪鶉，公貓來到王宮，魯莽的對衛兵說：「我要去見國王！」

衛兵說：「你瘋啦！一隻貓，竟然會想去見國王？」

另一個衛兵說：「讓牠去吧！國王經常覺得無聊，也許這隻會哼又會叫的貓，可以讓他解解悶。」

公貓走到國王面前，深深的一鞠躬，然後開口說：「我的主人命令我把剛剛抓到的鵪鶉送給您。」

國王看到這些又肥又大的鵪鶉，既驚訝又高興，就對公貓說：「你到寶庫去，將金子帶回去給你的主人，並且轉達我的謝意。」

公貓興高采烈的回到家後，把袋子從背上卸下來，倒出一大堆金幣。

公貓說：「這就是你替我做長筒靴的報酬。不但這樣，國王還吩咐我鄭重的向你道謝呢！」老三高興得不得了。

公貓跟老三講述了事情的經過，最後說：「我會讓你變得更有錢，對了！我還對國王說你是個伯爵。」

不久，公貓又抓了許多鵪鶉送給國王，牠不僅得到國王的信任和寵愛，也可以在王宮裡面自由的走來走去。

有一天，公貓走到廚房裡，聽到車夫發著牢騷：「國王和公主真是可惡極了！我正要到餐廳裡喝一杯，卻偏偏要我送他們去湖濱散步。」

公貓聽了，趕緊跑回家對主人說：「如果你想成為真正的伯爵和有錢人，就快到湖裡去游泳吧！」

老三就跟著公貓跑到湖邊，脫下衣服，游起泳來。

當國王的馬車經過時，公貓哭哭啼啼的對國王說：「仁慈的國王，我的主人在湖裡游泳時，衣服被偷走了，一直不敢上岸。」

國王聽了，馬上吩咐隨從跑回王宮，拿來一套王袍，還請老三坐上了馬車。

老三穿上華麗的王服，顯得氣質高雅，再加上國王得到不少鵪鶉，因此對他的印象不錯；公主對這位年輕英俊的伯爵，一見傾心，愛上了

他。

公貓看出公主的心意，搶先趕到一片廣闊的草原上，那裡有一百多個工人正在收拾乾草。

公貓問工人：「這片草原是誰的啊？」

工人們說：「是惡魔的！」

公貓交代他們：「國王等一下會經過這裡，如果他問你們這草原是誰的，一定要說是伯爵的，要不然我就把你們通通殺死。」

貓說完，又來到一大片麥田和一座森林前，交代在收割麥子的兩百多位農夫，還有三百多位正在鋸橡樹的樵夫們：「待會兒，國王會經過這裡，如果他問你們這裡是誰的，你們啊一定要回答，是『伯爵的』，否則我就把你們通通給殺了。」

由於人們從未見過穿著長筒靴、像人一樣大搖大擺走路的貓，都被嚇住了，以為牠真的很厲害。

不久，公貓來到了惡魔的城堡，惡魔用輕蔑的眼光瞪著牠，冷冷的問：「有什麼事情嗎？」

公貓深深的一鞠躬說：「聽說大王可以變成任何動物，像狗啦、狐狸啦、狼啦，連大象都可以。不過，如果你能變成像老鼠一樣小的動物，那才真是了不起呀！」

惡魔聽了這番恭維的話，很愉快的說：「可愛的公貓啊！那我也能辦得到。」

於是，惡魔馬上變成一隻老鼠，在大廳裡跑來跑去，公貓一撲，抓住了老鼠，張口就把牠吃掉了。

這時，國王的馬車正好來到草原上，國王問工人，這片草原是誰的，大家異口同聲的回答，是伯爵的！然後他們經過麥田以及森林，農夫與樵夫們，也都異口同聲的回答：「這裡是伯爵的！」

過了不久，馬車來到惡魔的城堡，公貓上前迎接，幫國王打開車門，恭敬的說：

「國王，這座城堡是我的主人伯爵的。您大駕光臨，使我們蓬華生輝，真是榮幸之至。」國王發現這城堡，比自己的王宮更豪華壯觀，驚訝不已！

伯爵扶著公主走上臺階，進入城堡的大廳，大廳裡全是閃閃發亮的黃金與寶石，光彩奪目，幾乎使人睜不開眼。不久，公主和伯爵就訂婚了。

國王死了以後，幸運的老三——也就是那位伯爵，便成為了國王，而那隻聰明伶俐，穿著長筒靴的貓，就成為了新國王最親近的首相。

磨破的舞鞋

很久以前有一位國王，他有十二個女兒，每一個都長得很漂亮。國王讓十二位公主睡在一個大房間裡，每個人都有自己的床。晚上，公主睡著以後，國王就叫人把房間門鎖起來。到了第二天早上，開門進去伺候公主的僕人，總是發現，每一位公主的鞋底都磨破了。但是沒有人知道為什麼會這樣。

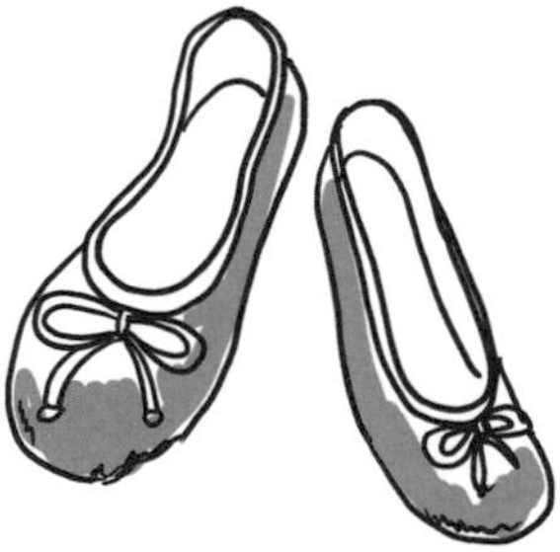

於是，國王發出了一個公告：「只要有人能查出公主們晚上去了哪裡，就可以娶一位公主為妻，還可以繼承王位；但如果經過三天還調查不出來，就要被送上斷頭臺。」

不久以後，有一位王子說他願意冒險試試看。於是國王盛情的款待他，讓他在公主們的臥房對面睡覺，以便監視公主們的行動。

第一個晚上，這王子把房門打開，他睜著眼睛注視對面的房間，他想，這樣就可以看清楚公主們的行動。

經過一個多鐘頭，王子的眼皮越來越沉重，他閉著眼睛想要休息一下，但是，不知不覺間竟然睡著了。隔天醒來，他立刻跑去查看公主們的鞋子，發現鞋底都磨破了。

第二天、第三天的晚上都一樣，王子很快就睡著，什麼都沒有發現。於是，這位王子就被送上斷頭臺。之後，有許多人陸陸續續的想要調查，結果都和第一位王子一樣，先是受到了熱烈的款待，然後什麼都查不出來，被送上斷頭臺。

當時，有一個士兵，因受傷無法服役，生活陷入了困境，打算到國王的城堡裡打工。走到半路，他遇見了一個老婆婆。老婆婆問他要去哪裡。

士兵說：「我也不知道，國王不是希望有人可以查出公主們晚上去了哪裡嗎？我想去試試看，運氣好的話，說不定將來可以成為國王喔！」

老婆婆說：「其實這並不難，只要你控制住自己，不要喝公主端給你的酒，而且假裝睡著，就可以達到目的。」

接著，老婆婆給了士兵一件小披風，說：「只要披上它，別人就看不見你了。你可以跟著公主們走，看看她們到底去了哪裡。」

士兵聽從老婆婆的話，鼓起勇氣，到王宮求見國王，表明他的來意。

國王一樣盛情的款待他，拿最好的食物給他吃，拿最好的衣服給他穿。天黑之後，士兵被帶進公主們寢室對面的房間，不一會兒，大公主端來了一杯酒要請他喝。士兵趁著公主不注意的時候，把酒倒掉，然後假裝喝醉了，躺在床上睡著，還故意發出很大的打呼聲。

大公主看了，回房告訴其他十一位公主，大家都覺得好笑，其中一位公主說：「哼，又一個想要來調查我們的傻瓜！」

十二位公主換上了金光閃閃的漂亮衣服，走到鏡子前面，一面化妝，一面唱歌。除了小公主以外，每位公主都很高興，因為她們馬上就要去跳舞了。

一切準備好的時候，小公主說：「不知道為什麼，今天晚上我高興不起來，總覺得好像會發生什麼事的樣子。」

大公主一口否定了小公主的看法：「小丫頭，你真傻！這麼多人都調查不出來，你看那個士兵傻里傻氣的，就算我沒有給他藥酒喝，他也是會睡著的。」

出發之前，公主們又去看了那個士兵，看到他仍然閉著眼睛，動都不動，大家才安心的回到房間。

大公主輕輕的敲了幾下她的床，床立刻往下沉，地上露出一個洞口。十一位公主跟在大公主後面，陸續的從洞口的階梯走下去。

這時候，假裝睡著的士兵，其實看得清清楚楚。他連忙拿出小披風披在身上，躡手躡腳的跟著小公主走下階梯。

走到一半的時候，士兵不小心踩到小公主的裙擺，小公主嚇了一跳：「欸！有人踩到我的衣服了耶。」大公主說：「你在說什麼傻話啊！可能只是勾到釘子了吧。」

說話的時候，她們來到一條平坦的大道上，那裡的樹葉全是銀色的，發出閃閃的亮光。

士兵心裡想：「嗯，我應該帶一點證據回去。」於是順手折下一節樹枝放進口袋裡。聽到樹枝斷掉的聲音，小公主又叫了起來。

大公主說：「哎呀，你不要緊張，那可能只是禮砲聲！再不久，我們就可以見到王子了。」

接著，她們又走進了一條金色的大道。樹上的葉子全都是金色的，閃著耀眼的光芒。在這兩條路上，士兵折下樹枝當作證據，發出聲響，把小公主嚇得哇哇大叫，大公主說那是禮砲聲，叫她不用害怕。

最後，她們來到一條小河前。岸邊停著十二艘小船，每一艘船上都有一位英俊的王子。公主們陸續的上了船。士兵也跟在小公主後面，和小公主坐同一艘船。那艘船上的王子說：「真是奇怪，今天這個船特別重，划起來好費力喔！」

在河的對岸有一座城堡，傳出了悠揚悅耳的音樂。大夥兒走進了城堡的大廳，原來這裡住了十二位受到詛咒的王子。每天晚上都等著公主們過來和自己跳舞，就這樣跳到凌晨三點鐘，公主們的舞鞋都磨破了，不能再跳下去，王子們才像之前那樣，護送每一位公主上船。隱身的士兵這次跳到大公主的船上，船靠岸之後，看著他們互相道別，也聽到了他們約定隔天還要再來。

士兵搶先登上臺階，飛快的跑進房間裡，脫下披風，躺回床上。等到十二位公主都回來的時候，他已經呼呼大睡了。

公主們聽到他打呼的聲音，都說：「哎呀，不必擔心，那個人現在還在熟睡呢！」

然後公主們就換上了睡衣，上床睡覺去了。

第二天，士兵什麼都沒有說，因為他還想多跟公主再去看看。到了第二天和第三天的晚上，情形和第一天一模一樣，為了要留下證據，這次士兵帶回了一個酒杯。最後一天，士兵帶著那個酒杯和三根樹枝晉見國王。

十二位公主很得意的，想聽聽看他到底要說什麼，悄悄的躲在門後面。

國王問士兵：「你知道我那十二個女兒晚上都到哪裡去了

嗎？」

士兵回答：「啟稟國王，公主們每天晚上都在地下城堡和十二個王子跳舞。」

然後，又把這幾天看見的情形說出來，並拿出酒杯和樹枝當作證據。

國王原本還不太相信，把公主們叫出來詢問。公主們眼見祕密已經被揭穿，全都低著頭不講話。最後國王信守承諾，將大公主許配給士兵。

國王傳令讓他們在當晚就舉行了婚禮，並當眾宣布將來要由這個大女婿來繼承王位。

至於那十二位受到詛咒的王子，就永遠的留在地下城堡了。

白雪公主

很久以前，在一個寒冷下雪的冬天，有一位王后，坐在窗邊縫衣服，不小心被針扎到了指頭，流出了三滴血，滴在了雪地上。

王后看著窗外，心裡想著：「如果我能夠有一個孩子，皮膚像是雪一樣的白、臉頰像血一樣紅、頭髮像黑檀木一樣黑的孩子，那該有多好！」

不久，王后如願生了一個女兒，大家都叫她「白雪公主」。孩子誕生後，王后就去世了。

一年以後，國王娶了新王后。新王后雖然長得很美，但是既驕傲又任性。

這位王后有一面奇妙的鏡子，每次照鏡子時，她就問魔鏡：

「牆上的魔鏡，全國最漂亮的人是誰？」

鏡子回答說：「王后，你就是全國最漂亮的人。」

王后聽了，心裡非常得意，因為她知道，鏡子不會說謊。

可是，白雪公主越來越美麗，到了七歲的時候，她已經美得好像晴朗的春天，比王后還要更美。

有一次，王后又問鏡子：「魔鏡，牆上的魔鏡！全國最漂亮的人是誰？」

鏡子說：「王后，這裡你最美。不過，白雪公主比您漂亮一千倍。」

聽了這句話，王后的臉色發青，從此非常憎恨白雪公主。

王后把獵人叫來，吩咐他說：「把那孩子帶到森林裡殺掉，並且把她的肺和肝帶回來做證據。」

獵人聽從王后的命令，把白雪公主帶到森林裡，拔起刀子，正要刺進白雪公主的心臟時，白雪公主哭著求饒，獵人可憐她，便說：「可憐的孩子，你趕快逃走吧！」

獵人取出了山豬的肝和肺，作為證據。

王后以為是白雪公主的，便好好的犒賞了獵人。

白雪公主逃離後，心裡非常的害怕，不知道怎麼辦才好。

在森林裡不斷的向前跑，最後看見一棟小屋子，便走進去休息。

小屋子很乾淨，一點點的灰塵也沒有。

裡面的東西都很小，有一張鋪著白布的小桌子，桌上有七個小盤子，每個座位前都放著一支小湯匙、小刀、小叉子和小酒杯。在靠牆的地方，有七張鋪著雪白床單的小床。

白雪公主又餓又渴，吃了一點點蔬菜和麵包，喝了幾口紅葡萄酒。

吃完後，累得躺在床上睡著了。

天黑後，小屋子的主人——七個小矮人從山裡挖掘礦石回來了。

第一個小矮人說：「是誰在我的椅子上坐過了？」

第二個小矮人說：「是誰吃了我盤子裡的東西呢？」

第三個小矮人說：「是誰吃了我的麵包呢？」

第四個小矮人說：「是誰吃了我的蔬菜呢？」

第五個小矮人說：「是誰用過我的叉子呢？」

第六個小矮人說：「是誰用過我的刀子呢？」

第七個小矮人說：「是誰在我的酒杯裡喝過酒呢？」

然後，發現了睡在床上的白雪公主，大家都嚇了一跳，用七盞小燈照著白雪公主。

他們齊聲叫著：「哇，天底下怎麼會有這麼漂亮的女孩呢？」

小矮人們非常的高興，沒有吵醒白雪公主，就讓她睡在床上。

第二天早上，白雪公主醒過來，當她看到七個小矮人時，非常驚訝。

但是小矮人很和藹的問她：「你叫什麼名字？」

公主說：「我叫白雪公主。」

小矮人們接著問：「你為什麼跑到我們的家裡來呢？」

於是，白雪公主把事情的經過，一五一十的告訴了小矮人們。

小矮人們聽完說：「如果你肯幫我們把家務料理得乾淨淨，整整齊齊，就讓你住在我們家。」

白雪公主說：「好的！謝謝你們，我真的是太高興了。」

白雪公主在小矮人的家裡住下來，把屋子裡整理得有條有理，並且準備好晚餐等他們回來。

小矮人常叮嚀白雪公主說：「相信不久後，你的後母就會知道你躲在這裡，所以絕對不能讓任何人進屋裡來。」

王后以為白雪公主真的死了，自己就是全國最漂亮的女人，便很放心的走到鏡子前說：「魔鏡，牆上的魔鏡！全國最漂亮的人是誰？」

鏡子回答：「王后，在這裡你最美。不過山的那一邊，住在七個小矮人家裡的白雪公主，比您漂亮一千倍。」

王后嚇了一大跳，知道自己被獵人欺騙了，白雪公主竟然還活著。

她不能忍受有人比她更漂亮，就變裝成賣東西的老太婆，越過了七座山，到達小矮人的家。

王后一面敲門，一邊大聲說：「買漂亮的東西喔！來買吧！」

白雪公主從窗口探出頭來問：「午安！老婆婆，你在賣什麼呀？」

老太婆說：「我賣的是上等的東西，各種顏色的絲帶都有。」

白雪公主心裡想：「這麼老實的人，讓她進來應該沒關係吧！」

老太婆說：「小姑娘，你怎麼這麼不會打扮呢？我來幫你繫上絲帶吧！」

心地純潔的白雪公主，一點也沒有懷疑。

老太婆很快的用力紮緊絲帶，白雪公主沒有辦法呼吸，便昏倒在地上。

王后心裡想著：「哼！現在你已經不是最漂亮的美人了。」

不久，七個小矮人回來了，看見可愛的白雪公主倒在地上，好像死了一樣。

發現她被絲帶勒得太緊，剪斷那條絲帶後，白雪公主又慢慢的醒了過來。

小矮人們知道白天發生的事以後，對白雪公主說：「那個賣東西的老太婆，一定是該死的王后，你千萬要小心。我們不在家的時候，不要讓別人進來。」

王后回到王宮裡，立刻走到鏡子前面問：「魔鏡，牆上的魔鏡！全國最漂亮的人是誰？」

鏡子像上次一樣回答：「王后，在這裡您最美，不過山的那一邊，住在七個小矮人家裡的白雪公主，比您漂亮一千倍。」

王后聽了，氣得全身的血液都沸騰了起來，她自言自語的說：「我一定要想出更好的方法來害死她！」

懂得魔法的王后，製造一把有毒的梳子，又化妝成另一個老太婆，越過七座山，到達了小矮人的家。

她一面敲門，一面大聲說：「買漂亮的東西喔！快來買，快來買！」

白雪公主探出頭來說：「你到別處去吧！我不能讓任何人進來。」

老太婆說：「你看看，沒有關係的。」說著，她就取出梳子來賣弄一番。

白雪公主實在太喜愛那些梳子，一時糊塗，又打開門來買梳子。

老太婆說：「讓我幫你梳頭髮吧！」

白雪公主什麼也沒多想，有毒的梳子一碰到她的頭髮，毒性馬上發作，可憐的白雪公主，又倒在地上了。

王后心想：「哼！就算你是美人中的美人，現在也完了。」

不久，小矮人們回到家裡，看見白雪公主像上次一樣倒在地上，頭上插著一把有毒的梳子，便趕緊拿掉它。

於是，白雪公主又醒過來了。

小矮人們一再叮嚀說：「你真的要小心，不管是誰，都不要再開門了。」

壞王后回到宮裡，她站在鏡子前面又問：「魔鏡，牆上的魔鏡！全國最漂亮的人是誰？」

誰知那鏡子又回答：「王后，在這裡您最美，不過山的那邊，住在七個小矮人家裡的白雪公主，比您漂亮一千倍。」

王后氣得渾身發抖，她大聲叫著：「我要不惜一切去殺死白雪公主！」

於是，王后走入祕密的房間，製造一顆有毒的蘋果，並在臉孔塗上顏色，打扮成農婦的模樣，越過七座山，再次來到小矮人的家。

當她「砰！砰！」的敲門時。

白雪公主從窗口伸出頭來說：「請離開這裡！因為小矮人吩咐

我不能讓任何人進來。」

農婦說：「沒關係，我不進去！但，這個蘋果我不想要了，送給你吧！」

白雪公主搖搖頭說：「我不要，我什麼都不能要！」

農婦說：「你是不是害怕蘋果裡面有毒？這樣吧，我把蘋果剖開，你吃紅的那一邊，我吃白的這一邊。」

這個蘋果製造得非常巧妙，只有紅色的部分才有毒。

白雪公主很想吃蘋果，當她看到農婦已經吃了一半，便伸手拿過另外一半，也就是紅色有毒的另外一半，放進嘴裡。咬了一口後，馬上倒在地上，慢慢的沒有了呼吸。

王后用可怕的眼神瞪著公主，狂笑說：「你真的是皮膚像雪一樣白，臉頰像血一樣紅，頭髮像黑檀木一樣黑的美人。但是，這一次連小矮人也沒有辦法使你醒過來了。」

壞王后回到王宮裡立刻問鏡子：「魔鏡，牆上的魔鏡！全國最漂亮的人是誰？」

鏡子終於說：「王后，您就是全國最漂亮的人！」

王后聽了，強烈的嫉妒心才平息下來。

小矮人們傍晚回到家，發現白雪公主躺在地板上，趕緊把她抱

起來，尋找有毒的東西。先替她鬆開腰帶，拿梳子梳頭髮，又用水加上葡萄酒清洗身體。

但是，無論怎麼做都沒有用，白雪公主再也不能醒過來了。小矮人們把白雪公主放入棺材裡，傷心的哭了三天三夜。白雪公主好像活著的人似的，臉頰還紅咚咚的，身體依然嬌美如常。

小矮人說：「不能把這麼美麗的白雪公主埋進黑黑的泥土裡。」

於是，他們製造了一個玻璃棺材，把白雪公主放在裡面。棺材搬運到山上後，七個人輪流，隨時在旁邊看守著。

森林中的動物們，都紛紛的趕過來，為白雪公主的死而哭泣。最先來的是貓頭鷹，接著是烏鴉，最後小白鴿也來了。白雪公主就這樣一直在棺材中，像睡著了似的，躺了很久很久。

有一天，一位王子迷路走進了森林，來到小矮人家裡，請求讓他住一個晚上。

隔天，王子在山上，看到那副玻璃棺材，就對小矮人說：「請你們把那個棺材送給我吧！只要你們喜歡的東西，無論什麼，我都可以贈送。」

但是，小矮人說：「即使你把全世界的金子都送給我們，我們也不出賣白雪公主。」

王子便說：「那麼請你們把她當成禮物送給我，好嗎？因為我只要一刻不看到她，就無法活下去，我一定會非常珍惜她的。」

聽了這番話，心地善良的小矮人，不忍心看到王子痛苦，就把白雪公主送給王子了。

王子召來僕人搬運棺材，其中有一個僕人，不小心被一棵矮樹絆了一下，差一點跌倒，搖搖晃晃震動了棺材。

這時，白雪公主嘴裡咬碎的毒蘋果，在搖晃之間突然從喉嚨裡掉了出來。

不久，她就慢慢的睜開了眼睛，自己掀起了棺材蓋子，奇蹟似的又復活了。

白雪公主大聲的說：「我到底是在哪裡呀？」

王子喜出望外的說：「你就在我身邊。」

王子把事情的經過告訴白雪公主後，就說：「我比世界上任何人更愛你！希望你能和我一起回父王的城堡去，做我的妻子！」

白雪公主很喜歡王子，便答應了他的請求。

他們舉行盛大隆重的結婚典禮，並且邀請了白雪公主的後母。

壞心腸的王后穿上華麗的服裝，走到鏡子前面問道：「魔鏡，牆上的魔鏡！全國最漂亮的人是誰？」

鏡子說：「王后，在這裡您最美！但是，婚禮中的新娘，要比您漂亮一千倍。」

王后聽了，氣得直發抖，心裡想：「怎麼可能呢？」

當王后看到新娘竟然是白雪公主時，因為自己做錯的事，恐懼得兩隻腳像長了樹根一樣，呆呆的站在那裡，連動也不能動。

而特地為王后準備的鐵鞋，早已放在煤炭上燒得通紅，僕人用火鉗把它夾到王后的面前。

於是，王后不得不把腳放進燒紅的鐵鞋裡，然後又叫又跳，請求白雪公主的原諒。

兔子新娘

從前有個婦人，她帶著女兒住在一座漂亮的花園裡，院子裡種了許多卷心菜。

冬天，有隻兔子來到院子裡偷吃卷心菜，媽媽對女兒說：

「去把那隻兔子趕走。」

小姑娘就出來對兔子說：「喂！兔子，你快把我們家的卷心菜吃光了。」

兔子對小姑娘說：「小姑娘，來！坐到我尾巴上吧，我帶你到我家去。」

小姑娘不肯。

第二天，兔子又來吃卷心菜了。

媽媽對女兒說：「到院子裡去把那隻兔子趕走。」

小姑娘就出來對兔子說：「喂！兔子，你快把我們家的卷心菜吃光了。」

兔子對小姑娘說：「小姑娘，來！坐到我尾巴上吧，我帶你到我家去。」

小姑娘還是拒絕了。

第三天，兔子又來了，坐在卷心菜的上面。媽媽對女兒說：「去把那兔子趕走。」

小姑娘就出來對兔子說：「喂！兔子，你快把我們家的卷心菜吃光了。」

兔子對小姑娘說：「小姑娘，來！快坐到我尾巴上吧，我帶你到我家去。」

這一次，小姑娘改變了主意，坐到了兔子尾巴上，就被帶到了很遠很遠的兔子家。牠對小姑娘說：「現在動手燒飯吧，用青菜和小米，我去請來參加婚禮的客人。」

原來，兔子是要把小姑娘當成新娘！

接著，兔子把所有的客人都帶到了舞臺，舞臺裝飾得非常的漂亮，上方還有一道美麗的彩虹。誰是客人？我把別人告訴我的說給你聽吧：全是兔子！只有為新郎新娘主持的牧師，是一頭乳牛，還有司儀，是一隻狐狸。

小姑娘十分難過，因為只有她是人。

小兔子這時候走過來說：「開門、開門、快開門！客人們都等不及了。」

被當成新娘的姑娘一言不發的啜泣了起來，兔子走了出去。

牠再回來的時候，又說：「開飯、開飯、快開飯！客人們肚子都很餓了。」

新娘還是一聲不吭，眼淚一直流，兔子又走了。

當牠第三次回來的時候，對小姑娘說：「揭開鍋蓋，快點揭開吧，客人們都已經不耐煩了。」

新娘沉默著，兔子又出去了。就在這個時候，小姑娘將自己的衣服套在一個稻草人身上，給了它一把勺子，裝成正在攪拌鍋子裡的東西的樣子，然後把它擺在鍋邊，自己回家找媽媽去了。

小兔子回來，又喊道：「快開飯、快開飯！」然後站起來，對著新娘就是用力一揮，結果就把稻草人的帽子給打掉了。小兔子發現，蛤！這不是牠要的新娘，十分難過的就離開了那裡。

玫瑰公主

很久很久以前，有一位國王和皇后，他們時常說：「唉，我們要是有個小孩，那該多好啊！」可是，一直都沒有如願。

有一次，皇后在河裡洗澡的時候，有一隻青蛙從水中爬到岸上，對皇后說：「呱！不到一年，你的願望就會實現，你會生下一

個女孩。」

不久，真的像青蛙說的一樣，皇后生了一個女孩。這個女孩長得非常漂亮，國王高興得不得了，便為她舉行了一場盛大的慶祝會。

除了邀請親戚朋友以外，還邀請算命的女巫們來參加，因為國王希望女巫們都能溫和親切的對待公主。

在這個國家裡，一共有十三位算命的女巫。可是，國王只有十二個用餐的金盤子，所以就有一位女巫沒有接到請帖。

慶祝宴會非常熱鬧，結束之後，算命的女巫們各自送給公主具有奇妙力量的禮物。

有的送給她美德，有的送給她美貌，還有的送給她財富，幾乎把世界上大家最想要的東西，通通送給她了。

當第十一位女巫剛說完她所贈送的禮物時，突然，第十三位女巫氣呼呼的衝進現場。她為了報復沒有被邀請的恥辱，看也不看大家一眼，更沒向任何人打招呼，就大叫大鬧的說：「公主在十五歲的時候，會被紡錘刺死！」

說完就轉身離開。大家都嚇呆了，不知如何是好。

就在這個時候，第十二位女巫走到小公主面前，準備獻上她的禮物。

但是，沒有法術可以消除那個可怕的咒語，只能加以緩和。因此，她說：「小公主並不會死去，只是會沉睡一百年。」

國王為了保護女兒免於不幸，便下令將全國的紡錘燒毀。

小公主漸漸長大了，算命女巫們所送的禮物，都一一在她身上應驗。

小公主不但美麗非凡，而且溫柔、親切、聰明，看到她的人，沒有一個不喜歡她的。

小公主滿十五歲那一天，國王和皇后恰巧都在王宮裡，只剩下小公主一個人。她覺得好無聊喔，就四處走走晃晃，隨意參觀大大小小的房間。最後，來到一座古塔，爬上狹窄的螺旋形樓梯，走到一扇門前，看見鎖上插著生鏽的鑰匙。

她轉動一下鑰匙，門就「砰」的一聲開了，裡面坐著一位老太婆，手裡拿著紡錘，正在努力的紡著紗。

小公主說：「老婆婆，午安！你在做什麼事呀？」

老太婆點了點頭，說：「我在紡紗。」

小公主說：「好有趣喔！在那兒跳來跳去的是什麼呀？」

說著，她想要拿起紡錘，親自試試看。

可是，當小公主的手碰到紡錘的那一剎那，就好像咒語所說的一樣，她的手指被紡錘刺傷了。

小公主感到一陣疼痛，立刻倒在那邊的床上，昏昏沉沉的陷入睡眠中。奇怪的是，睡蟲竟然傳染了整個王宮。

剛從外面回來，才走到大廳的國王和皇后，突然就睡著了。

國王的隨從、馬廄裡的馬、院子裡的狗、屋簷下的鴿子、牆上的蒼蠅、燃燒的爐火，通通靜止不動，睡著了。

風停了！樹葉一動也不動，屬於王宮的一切，都睡著了。

王宮周圍的玫瑰樹叢，開始抽枝發芽，一年比一年高，越來越茂盛，終於把整個王宮都包圍起來。

最後，王宮完全被玫瑰樹蓋住，連屋頂也看不見了。睡在裡面的公主，就被稱做「玫瑰公主」。

這件事情，傳遍了鄰近各國。鄰國的王子們，聽到這個傳聞，都紛紛來拜訪，想要從樹叢的隙縫鑽到王宮裡。但是沒有辦法，玫瑰的荊刺彷彿魔手一般，緊緊的交纏著，王子們被卡在裡面，無法脫身，就慘死在那兒了。

經過一段很長的歲月，有一位王子來到這個國家。從一位老人的口中，知道玫瑰樹叢裡有一個王宮，王宮中有一位非常美麗的公主，已經在那裡沉睡了一百年。陪她一起昏睡的，還有國王、皇后和所有的僕人。

老人還告訴王子，他聽爺爺說過，過去有許多王子，為了要尋訪玫瑰公主，而被卡在玫瑰樹叢裡，死得非常淒慘。年輕的王子聽了，說：「我不怕！我要去看看美麗的玫瑰公主。」

好心的老人，一再勸王子打消這個念頭。可是，王子的意志十分堅定，無法更改。

那天，恰巧是公主該醒來的時候，當王子走進盛開著玫瑰花的樹叢時，花叢竟然自動向兩旁分開，讓王子順利的走過去。

等王子走過去後，花叢又馬上合攏了。

王子走進王宮的庭院，看到所有的一切都靜止不動，都睡著了。王子繼續向前走，到了王宮的正殿時，看到御座上睡著的國王和皇后。隨從們也都躺在地板上睡著了，一切都靜悄悄的，連自己的呼吸聲都可以聽到。

王子來到古塔前面，登上樓梯，打開那扇小門，看到沉睡中的玫瑰公主。

他目不轉睛的注視著美麗的公主，禁不住跪下來吻她。

當王子親吻著公主時，公主就從睡夢中醒了過來，睜開眼睛，溫柔的看著王子。

於是，他們一起走出了古塔。

這時，國王、皇后以及隨從們都醒了過來。

大家瞪大了眼睛，你看我，我看你，不知道究竟是怎麼一回事。

院子裡的馬站起來，抖一抖身子。

獵狗也跳起來搖動尾巴。

屋頂上的鴿子，從翅膀裡伸出頭來東張西望，然後，飛到野外去了。

王宮裡所有的一切都甦醒了過來，充滿了朝氣。

於是，王子和玫瑰公主，舉行了盛大的結婚典禮，兩個人從此過著幸福快樂的生活。

戀人羅南特

從前呢，有一個女巫，她有兩個女兒，其中一個長得很醜，心地又不好；但是女巫卻非常的疼她，因為啊，她是自己親生的女兒。

那另外一個呢，長得很漂亮，又很溫柔；但是，女巫非常的恨她，因為她是前妻生的孩子。有一次呢，醜女兒看到美麗的女兒穿

了一件漂亮的圍裙，既羨慕又嫉妒。

就對女巫說：「姊姊那件圍裙好漂亮，我一定要得到它。」

女巫說：「放心吧！不久它就會屬於你的了。那個孩子早就應該死掉。今天晚上趁她睡著的時候，我就會去砍掉她的頭，你要小心的睡在床的角落，讓她靠外面的地方睡。」

幸虧前妻的女兒剛好站在牆角，聽到她們的談話，一字不漏的全部聽到耳朵裡。

這一天呢，她都被關在家裡，沒有辦法出門。到了晚上，女巫叫她先上床，好讓妹妹能夠睡在角落。但是，當妹妹睡著了以後，她悄悄的把妹妹推到靠外面的地方，自己呢睡到角落裡。到了半夜，女巫躡手躡腳的拿著斧頭進來，摸了摸睡在外面的人。

然後抓起了斧頭，用力砍斷自己女兒的脖子。

當女巫出去後，這姊姊就趕緊跑去找她的情人羅南特。

她把這件事告訴羅南特，並且說：「羅南特，我們必須趕快逃走，因為後母本來是要殺我的，結果卻殺了自己的女兒。天亮以後，她就會發現她殺錯人，一定會再想辦法殺死我的，那我們就完蛋了！」

羅南特說：「我有一個好主意，你先去偷後母的魔杖，如果不這樣做，一旦後母追過來，我們就逃不了啦！」

女孩呢便回去偷了魔杖，又拿著妹妹的頭，分別在地板上、床前和廚房，各自滴了一滴血，然後就和情人羅南特一起逃跑了。

第二天早上，女巫起床以後，叫著自己女兒的名字，想把那件漂亮的圍裙給她。但是呢，叫了很久很久，女兒都沒有過來。

女巫就大聲問道：「你到底在哪裡呢？」

一滴血說：「我在臺階上掃地。」

女巫走到臺階一看，什麼人都沒有。

她又大聲問：「你到底在哪裡？」

另一滴血說：「我在廚房裡取暖。」

女巫趕快跑到廚房去，仍舊是沒有看到人影。

她再一次大喊：「你到底哪兒去了？」

第三滴血說：「我在床上睡覺。」

女巫走進房間，發現倒在血泊中的女兒，才知道自己弄巧成拙，殺錯人了。

這女巫怒火中燒，跑到床邊向遠處看，這時候發現前妻的女兒和她的情人羅南特正在逃亡。

女巫大叫說：「不管你們跑得多遠，我都會把你們抓回來的。」

女巫穿上了日行千里的魔靴，沒多久就趕上了這對情侶。女孩看見女巫從後面追來，立刻用魔杖把情人羅南特變成了湖，把自己變成野鴨在湖裡面游水。

女巫站在岸邊，丟下麵包屑，想要把野鴨騙過來。但是呢，女孩變成的野鴨並沒有上當。

到了傍晚，這壞女巫只好失望的回家。這對情人呢也恢復了人形，繼續走著走著，直到天亮。他們知道女巫不可能就這樣死心了，所以女孩就用魔杖，把自己變成一朵漂亮的花，開在薔薇樹叢的正中央，把情人羅南特變成了一個小提琴手。

不久，女巫果然又來了。

她對著小提琴手說：「樂師先生，我可不可以摘下這朵漂亮的花？」

小提琴手說：「當然可以呀！讓我配合你的動作，替你拉琴伴奏吧。」

女巫知道，那朵花是女孩變的，就趕快衝到樹叢前面，想要摘花。

這個時候，小提琴手開始演奏，聽到這首被施有魔法的舞曲，結果女巫不由自主的跳起舞來。

他拉得越快，女巫就跳得越激烈。

後來，女巫的衣服被薔薇的刺戳破了，身上也被刺得傷痕累累。

現在，就算小提琴手停止演奏，女巫還是會一直跳到死為止。

因此，女孩和情人羅南特得救了。

羅南特說：「我得回家去準備婚禮。」

女孩說：「那麼我就留在這裡等你吧！為了不讓任何人知道，我要變成一塊紅色的石頭。」

羅南特出發了，女孩變成原野上一塊紅色的石頭，躺在路旁等待自己的情人。

然而回到家的羅南特，立刻迷上另外一位女孩，完全忘了在原野上等他的女孩。

在原野痴痴等待的女孩，始終沒有看到情人的蹤影，傷心至極，於是，就變成了花，好讓別人來將她踏死。

草原上的一個牧羊人發現了花。因為這朵花太美了，他便小心翼翼的摘下來帶回家。

於是呢，奇怪的事情就發生了。每天早晨，牧羊人一起床，便發現家裡的一切都已經準備妥當。屋子呢，被打掃得乾乾淨淨，餐桌擦得非常的清潔，爐灶裡面的火早已生好，缸裡也裝滿了水。到了中午，他回家一看，餐具已經擺好，桌上還擺著美味的食物。

這究竟怎麼回事呢？屋子小得根本藏不了人啊，看來看去，整間屋子就只有自己一個人。

有人這麼親切的招呼他，他當然會感到很高興啊，不過日子久了，卻不免有一些擔憂，於是他就跑去找了一位懂占卜術的女人。占卜的女人就說：「這一定是魔法在作怪。這樣吧，你明天早一點起來，發覺任何奇怪的東西，不管是什麼，趕快用白布給蓋住，魔法就會消失。」

於是，牧羊人決定照著她的話試試看。第二天早上，天剛亮，他就看見那裝花的盆子打開，漂亮的花跑出來了，他趕緊跑過去，很快的用白布給蓋住。結果，魔法消失，漂亮的花不見了，站在他面前的是一個漂亮的女孩。

這女孩坦承自己就是那朵花，一切的家務事都是她做的。牧羊人聽了女孩的話，不禁就愛上她，於是就向她求婚。

女孩說：「這是不可能的。」

雖然情人羅南特遺棄了自己。但是，她不想改變對情人的思念。

女孩答應牧羊人，繼續留下來，為他料理家務。

羅南特和另一個女孩舉行婚禮的日子快到了，按照古老的習俗，全國所有的女孩子都要來為新娘唱歌。

永不變心的女孩知道這個消息以後，傷心欲絕。她不想參加，卻被其他的女孩硬拉去了。大家輪流唱歌的時候，女孩呢就躲在最後面。最後，只剩她一個人，非唱不可。

當女孩的歌聲傳到羅南特耳朵裡時，羅南特突然跳了起來，大聲說：「這個聲音熟悉極了，對！這才是我真正的新娘。其他的女孩我都不要。」

羅南特的腦海裡，浮現出一幕一幕的往事。

於是，永不變心的女孩就和情人羅南特舉行了婚禮。

從此，苦難真正結束，幸福的日子就此展開。

不可思議的故事

從前，有三個女人受到了魔法的詛咒，她們變成綻放在原野裡的三朵花。但是其中有丈夫的那個，晚上可以恢復人形回家去。

有一天，天快亮的時候，回家去的女人依依不捨對丈夫說：

「我不想離開你，但我不得不回去陪伴我的同伴們。如果你能在今

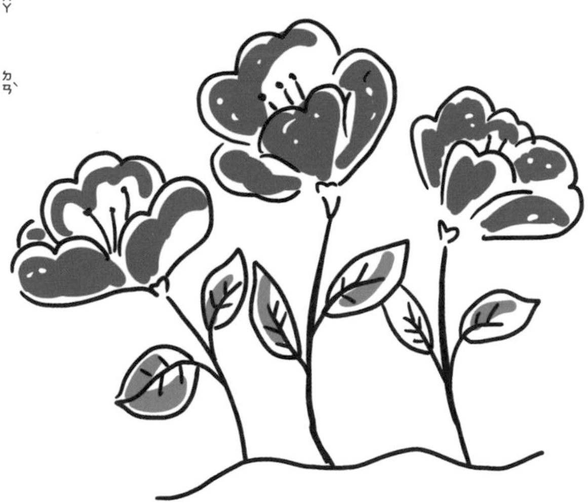

天上午到原野來把給我摘下，我就可以永遠和你廝守在一起。」

說完，就跑回原野，變成花了。

丈夫依照妻子的話，吃過早飯就到了原野，果真看見三朵完全一樣的花，他不知道哪一朵是妻子變的，想了很久很久。

後來她丈夫想說，他的太太昨天晚上不在原野，當然不會像其他兩朵花一樣，沾得露水那麼多。所以，就這樣，丈夫找到了妻子。

寓言宿命

同甘共苦

從前，有一個裁縫師，雖然他的太太既溫柔又勤勞，而且嚴守信仰，但是無論她怎麼盡本分，都無法使裁縫師滿意，裁縫師經常對太太發牢騷，扯她的頭髮甚至還會揍她。

這件事情被法官知道了，就把裁縫師關在牢房裡，好讓他反省

改過。在牢房裡，他只能喝水跟吃麵包，直到他發誓從此不再打太太，並且發誓夫妻以後要同甘共苦的過日子，法官才把他放出來。

有一段時間，裁縫師表現得還不錯；但是，過不了多久，他又恢復了原來的樣子，開始罵太太，發牢騷吵架。由於他不能打太太，於是，就抓她的頭髮。他的太太只好趕快跑到院子裡，裁縫師拿著尺和剪刀，拚命的在後面追趕，把剪刀和尺以及所有能抓到的東西，都往太太身上丟過去，如果打中了，他就大笑；如果沒有打中，他就亂罵一通。

由於他們鬧得太久了，鄰居就幫太太的忙。於是，裁縫師又被法官叫去，法官提醒他遵守宣示的諾言。

裁縫師說：「法官先生，我確實遵守諾言並沒有打太太，而且做到了與太太同甘共苦。」

法官問他：「你的太太為什麼又來嚴重的控告你呢？」

裁縫師回答說：「我並沒有打太太，只不過因為她的樣子太不像話了，我才用手幫她梳頭髮。可是，她卻要逃跑，而且還惡意的遺棄了我；我追她，是為了要她回來，盡妻子應盡的本分；我用手上的東西丟她，只是出於愛心，提醒她而已。我的確是與她同甘共苦的，因為這些東西打在她身上，她會非常痛苦，我卻非常快樂；

但是，如果沒有打中，她非常高興，我卻非常痛苦。」

法官對他的答覆很不滿意，因此宣判裁縫師應得的懲罰，並對他的太太做適當的補償。

夏娃的孩子們

亞當和夏娃被逐出樂園後，一起在貧瘠的土地上蓋房子，努力的工作。

亞當負責耕種，夏娃勤奮的紡紗。後來，他們生下一個接一個的孩子，孩子們的模樣各不相同，有漂亮的，有醜陋的。

經過了很長的一段時間，天神派了兩位天使到他們住的地方，

告訴他們天神將要來看看他們的家庭。

夏娃非常高興天神對他們的關心，為了迎接神的到來，她把房子打掃得很乾淨，還插了好多美麗的花。然後把漂亮的孩子梳洗乾淨，換上了整齊的衣服，囑咐他們在神的面前要守規矩喔，而且一定要很有禮貌、很謙虛。

至於那些難看的孩子，夏娃不許他們出來。

她把其中一個藏在乾草下。

另一個讓他躲在閣樓上。

第三個躲在餐桌下。

第四個坐在暖爐裡。
第五個躲在地下室。
第六個躲在木桶裡。
第七個住在酒桶裡。
第八個，她用她的舊毛衣和外套把他裹住。
第九個和第十個用做衣服的布蓋住了。
第十一個用做鞋子的皮裹起來了。
一切準備妥當，外面有人在敲門嘍。
亞當從門縫看去，知道是神駕到了。他把門打開，恭恭敬敬的站在一邊，天父變的神一跨進來，那些漂亮的孩子們一個個排成一列，向祂下跪敬禮。

神便開始為孩子們祝福，祂用兩隻手放在第一個孩子的頭上說：「嗯，讓你有能力當國王。」又用同一個方式對第二個孩子說：「讓你當領主。」

向第三個孩子說：「讓你當高官。」

對第四個孩子說：「讓你當總理大臣。」

對第五個孩子說：「讓你當貴族。」

對第六個孩子說：「讓你當老百姓。」

對第七個孩子說：「就讓你當商人吧。」

對第八個孩子說：「嗯，讓你有資格當學者。」

神對漂亮孩子們的祝福，讓夏娃感到非常的滿意。她想這麼仁慈的神，應該也可以加持我其他的孩子，為他們帶來祝福吧。於是，就把藏在乾草、小閣樓上的孩子們，全部都叫出來了。

那些醜陋的孩子，有的長瘡、有的滿臉汙垢，他們來到神的面前，嘻嘻哈哈的，沒有半點規矩。

神微笑的說：「呵呵呵，我也為你們祝福吧！」然後像剛才那樣，把雙手放在第一個孩子頭上說：「讓你當農夫。」

對第二個孩子說：「讓你當漁夫。」

對第三個孩子說：「你就當一個鐵匠吧。」

對第四個孩子說：「嗯，你可以當一個製皮革的工人。」

對第五個孩子說：「你可以當一個技師。」

對第六個孩子說：「就讓你當一個鞋匠吧。」

對第七個孩子說：「喔，你適合當一個裁縫師。」

對第八個孩子說：「讓你當陶器工人。」

對第九個孩子說：「你就當一個僕人。」

對第十個孩子說：「讓你當一個跑船的。」

對第十一個孩子說：「你就當一個郵差吧。」

夏娃聽了神對這些醜陋孩子的祝福，聽得好傷心喔，她說：

「神啊，請祢也給他們同樣好的祝福吧！」

神回答夏娃：「把你的孩子們分配到世界各地去，是我的職責，如果我都給他們當王公、貴族，那誰來種田、烤麵包呢？有哪些人可以來打鐵、縫製衣服？誰又可以來挖土蓋房子？那世界上的人，除了自己的本分工作，還要幫助人家，才能過著幸福的生活，就像我們身體上的四肢一樣，必須要分工合作的！」

夏娃聽了神的話這才領悟過來，心裡感到無限愧疚的向神說：

「神啊，請祢原諒我的無知，但願祢對我所有孩子們的祝福都能夠實現，謝謝祢。」

天國的農夫

從前有一個貧窮的農夫，有一天不幸死了。由於他信仰堅定，因而得以來到天國門前。恰好在同一時間，有一個有錢人也想進入天國。

這時候，聖彼得用鑰匙打開了天國之門，讓有錢人進去。聖彼得沒有看到農夫，所以呢，又把門關上了。農夫聽見有錢人在天國

裡大受歡迎，大家都在奏樂唱歌。過了好一會兒，樂聲才安靜下來。

這時候，聖彼得又打開天國之門，讓農夫也進去了。

農夫以為自己也有音樂和歌聲來歡迎，但是，四周卻寂靜無聲。雖然大家都盛情的接待他，連天使都出來迎接他，然而卻沒有人唱歌。

農夫問聖彼得，為什麼自己進來的時候，不像有錢人一樣有歌聲歡迎，難道天國也像人間一樣，有窮富之分。

聖彼得回答說：「不，絕對沒有這種事情！你和任何人一樣，接受了我們的關愛，你和有錢人一樣，可以盡情享受天國的喜悅。

只不過每天都有像你一樣貧窮的農夫來到天國，而有錢的老爺呢，

一百年才來一次！」

月亮

古時候，有一個地方，到了晚上，到處都黑漆漆的，什麼也看不見。這個國家，一年到頭，沒有一個晚上有月亮，也沒有一個晚上看得見星星。據說是神在創造世界的時候，把月光全給用完了。

這個地方有一家族的人，約好一起出外旅行。

這一天，太陽剛剛落下西山的時候，他們來到另一個國家，看到橡樹的頂端，有一個像玉盤一樣又圓又亮的東西，感到很奇怪。

他們便停下來觀望，越看越覺得那東西很像太陽，只是發出來的光沒有太陽那麼明亮，但藉著它的光，東西都能看得清楚。

這時，有一個農夫駕著馬車經過那裡，其中一個族人指著天上，問農夫：「那發光的東西是什麼啊？」

農夫說：「那是我們村長花三塊錢買來掛上去的，一個會發光的月亮。為了要讓月亮經常發光，村長每天都要把它擦得亮亮的，為它加油，並整理燈芯。不過，每一星期，每一個人都要繳一塊錢給村長。」

農夫走開後，第一個族人說：「這個燈對我們很有用欸，我們那裡不是也有一棵大橡樹嗎？把它搬去掛在橡樹上，晚上就不必摸索著走路，該有多方便，你們說是不是？」

第二個族人說：「太好了！我們趕快準備好馬車，把月亮偷回去。他們知道在哪裡買得到月亮，可以再去買一個。」

第三個族人說：「爬樹我最拿手了，我可以爬上去把月亮摘下來。」

第四個族人就去找來一輛馬車。

第三個族人很快就爬到樹上，在月亮的正中央，鑽一個洞，穿上繩子綁好，然後把它拉下來。就這樣，發光的月亮被搬上馬車了。

為了怕路上被人發現，他們用一塊厚厚的黑布把它蓋起來，回到自己的國家後，馬上合力把它掛在高高的橡樹梢上。

如此一來，就算是晚上，大地上的草木、房屋……，受到月亮的照射，都能看得很清楚了！地方上的人，各個都很高興。岩洞裡的小矮人，也紛紛跑出來，小妖精們則穿著紅色的衣服在草地上跳舞。

後來，四個族人藉口要為月亮加油和整理燈芯，叫每個人每一星期都要給他們一塊錢。漸漸的，四個人都老了。其中一個人病得很重的時候，要求在他死後，把月亮的四分之一作為他的財產，埋在他的墳墓裡。

不久，他死了，村長依照他的願望，爬到樹上，用大大的剪刀剪下四分之一的月亮，放進他的棺材裡。之後，月亮的光稍微減弱，但卻沒有多大的影響。

第二個人死後，又割下月亮的四分之一和他一起埋葬，月光於是變弱了。

第三個人死後也帶走四分之一的月亮，月光變得更弱了。

最後一個人死後，把僅剩的四分之一月亮帶走。這個國家便又恢復以前的樣子，晚上外出的人如果不提燈，準會相撞。

被分成四部分的月亮，到了地下的世界，又結合成一個整體，把本來黑黑暗暗的地獄照得亮亮的，死去的人也因此無法安眠。

他們睜開眼睛後，對自己居然看得見東西，感到非常的驚訝！因為他們的視覺早已變得很弱，無法忍受強烈的太陽光，這種柔和的月光，正好適合他們。

於是，死去的人全都爬起來，像生前一樣，有的聚在一起賭博，有的到舞廳跳舞，也有的到餐廳、酒廊喝酒，喝到酩酊大醉時，就大叫大鬧，甚至打群架。最後，消息傳到了天國。

天國的看門人聖彼得以為地底下的世界發生暴動，就召來一批天兵天將，以防惡魔帶領手下襲擊天國。可是等了很久，惡魔並沒有出現，聖彼得就親自騎馬來到地底下的世界，把死人安撫好，叫他們返回墳墓，再把月亮帶回去掛在天空中。

從此之後，這個地方又恢復了往常的光亮，就算是晚上，大地上的草木、房屋又能夠看得清清楚楚了。

三種語言

從前啊，在瑞士，有一個老伯爵，他只有一個兒子，這個兒子呢非常的笨，什麼東西都學不會。

所以老伯爵就對他說：「兒子啊，我用盡各種方法都不能使你記住任何的東西，現在只好讓你離開家，到有名的老師那邊去學習。」

過了一年之後，兒子學習期滿，從別的城市回家了。

老伯爵就問他：「兒子啊，你學到了什麼呢？」

「嗯，我學了狗語！」

「你、你、你真是一個沒有用的東西，這一年來，難道就只學會這麼一點點嗎？唉，看來我只好把你送到別的城市，另找其他的老師來教你啦。」

於是呢，老伯爵的兒子就被帶到了另一個城市，也整整待了一年才回家。

回到家之後啊，老伯爵又非常急的跑去問他說：「兒子啊，這一次你學到了什麼呢？」

「嗯，我學了鳥語！」

「你、你這個不長進的東西啊！白白浪費了寶貴的時間，什麼東西都沒有學成，我再把你送到第三個老師那，如果這一次，你再沒學到任何的東西，我就不認你這個兒子了。」

就這樣，老伯爵的兒子被送到第三個老師那邊住了一年，然後又回到家裡。

當老伯爵看到兒子回來之後，非常急的跑過去問他：「兒子啊，你學到了什麼？」

「嗯，爸爸！我學會青蛙的語言。」

啊，老伯爵氣得跳起來，大聲對僕人說：「這個傢伙已經不是我兒子了，我要把他趕出去！聽我的命令，將他帶到森林裡去殺掉！」

僕人們依照伯爵的命令，把他的兒子帶到森林，但是又覺得他很可憐，不忍心殺他，於是呢就偷偷的把他給放了。

但是為了製造假的證據來矇騙老伯爵，僕人們呢，便抓了一頭小鹿，挖出了牠的舌頭和眼睛，帶回去給老伯爵看，假裝他們把他兒子給殺掉了。

老伯爵的兒子逃跑以後呢，走了一會兒，來到了一座城堡的前面，他請求城主能夠讓他住宿。

城主對他說：「當然可以啊，如果你願意住在古塔裡，你就去吧！但是，我先聲明喔，這非常非常的危險喔。因為古塔裡有許多的山犬，牠們整天不停的狂吠，在一定的時間內，就一定要吃掉一個人，牠們吃人的速度快得驚人！住在這附近的人都很憎恨這些吃人的惡犬，但對牠們也沒有辦法。」

「嗯，好啊！我願意到古塔去啊。只不過，請幫我準備一些狗食，我不會讓山犬侵犯到我的。除此之外，嗯，我看，我也不需要什麼其他的東西了。」

城裡的人呢，就照他的要求，準備了很多的狗食，然後把他帶到古塔裡去。

古塔中的山犬，看到了這個年輕人，欸！不但沒有對他狂吠，反而一直搖著尾巴，在他四周轉啊轉啊轉，吃他拿出來的食物，一點也不想傷害這個年輕人。

第二天早上，這個年輕人好端端的走出古塔，神采奕奕，身上一點傷痕都沒有，所有城裡的人看了都非常非常的驚訝。

他對城主說：「嗯，昨天晚上啊，山犬用牠們的語言跟我說，為什麼牠們要住在古塔裡面，為什麼牠們要傷害百姓。原來是因為，牠們被巫師施了魔法，必須保護藏在古塔下面的寶物，除非啊把寶藏通通挖出來，否則沒有辦法破解魔法，使牠們平靜，至於要怎樣挖這些寶物，山犬喔，也都一一的告訴我了耶。」

大家聽了非常非常的開心，城主說：「好！只要你將這件事情辦成功，我就收你為義子。」

年輕人呢便按照山犬的說法，順利挖出裝滿金子的大寶箱。從此以後呢，就再也聽不到山犬的吠聲，這個城堡的災害也就解除了。

不久，年輕人他想要去羅馬。半路上呢，經過了一片沼澤，有好多好多的青蛙「呱！」、「呱！」、「呱！」一直不停的叫，他停下了腳步，傾聽了一會兒，心裡就難過了起來。

到了羅馬，受人尊敬的教皇剛剛過世，偉大的教士們不知道該由誰來繼承教皇的地位。最後，大家就決定，身上有神蹟記號的人，就繼任教皇。

當年輕人走進教堂時，突然飛來兩隻雪白的鴿子，靜靜的就停在他的肩膀上。教士們看見了，認為這就是神蹟的記號，立刻問年輕人是否有意願擔任教皇。

年輕人猶豫不決，不曉得自己有沒有這個資格。

但是，白鴿在他耳邊用鳥語勸他接受。

年輕人全身都被塗上香油，舉行了隆重的潔身儀式，這個時候啊！他才曉得，在途中遇到青蛙們說了令他惶恐的預言，就是他將成為教皇的事情，已經變成了事實。

整個儀式結束之後，他必須領導信徒舉行彌撒，向神禱告，但是，他根本不會念禱告詞啊。幸好，那兩隻可愛的白鴿，一直停留在他肩膀上面，隨時教他怎麼做，他才順利的完成了彌撒，當了一輩子的教皇。

麻雀和牠的四個孩子

麻雀在燕子的巢裡，養育牠的四隻小麻雀，當小麻雀長到會飛的時候，一些頑皮的小孩，會把鳥巢弄壞。幸好啊，這個時候小麻雀都已經飛走了。

母麻雀卻非常非常的擔心，因為牠還沒有告

訴小麻雀們，在危險的情況下應該注意的事情，也沒有把生存的教訓再三叮嚀，牠們就飛到外面的世界去了。

過了一年，秋天來了，麥田裡飛來了好多好多的麻雀，母麻雀和牠的四隻小麻雀終於重逢了。

母麻雀好高興喔，把小麻雀帶回家。

母麻雀對孩子們說：「哎呀，整個夏天啊，我非常擔心你們，又還沒有將生存的教訓告訴你們，你們就飛走了。現在啊，你們給我好好的聽著，依照你們父親的教誨，在外面要小心謹慎。因為你們一定要戰勝外面世界的各種危險，才能夠生存。」

於是呢，麻雀爸爸就跑過來問大兒子：「整個夏天，你都在什麼地方，用什麼方式得到食物呢？」

大兒子回答說：「我就在各地的院子裡面，找毛毛蟲還有青蔥，直到櫻桃成熟為止啊。」

父親說：「兒子啊，這些食物雖然看起來不錯，可是非常的危險喔！如果你看到有人手上拿著有小洞的中空綠色長棒，在院子裡面走動的時候，就要特別小心！」

兒子對他爸爸說：「是的，爸爸。但是如果有人用了將綠葉黏在綠色棒子的小洞上，那我該怎麼辦？」

這父親問說：「你在哪裡看到這個情形的？」

大兒子回答說：「有一個商人的院子裡啊。」

麻雀爸爸就說：「兒子啊，商人是最狡猾的。你在這個世故的人身邊，已學會了教訓，而且學得還不錯。你要好好的學習，不要驕傲。知道不知道啊！」

接下來，麻雀爸爸又問了二兒子：「你呢，你在什麼地方謀生呢？」

「我在宮殿裡面找食物啊。但是喔，愚笨的小鳥在那裡是找不到東西吃的啦。因為宮殿裡雖然有很多金子、絹絨、武器、盔甲，但是也有很多貓頭鷹和老鷹。因此最好的方法，就是待在馬房裡，那邊有人在搗燕麥和篩燕麥，如果運氣不錯的話，我每天都可以找到食物吃喔。不過，爸爸，馬夫會設計圈套，他把網子綁在草地上，所以很多鳥都會上他的當。」

「嗯，你在哪裡看到這個情形的啊？」

「我在宮殿的馬房裡看到的啊。」

麻雀爸爸說：「兒子啊，宮殿裡的僕人都是壞蛋，你在宮殿裡一根羽毛都沒有損失，哎唷！表示你的生存功夫已經學得很好嘍，相信你在別的地方應該也可以過得很好。但是還是要小心，狼有時也是會吃掉聰明的小狗呢。」

接下來呢，麻雀爸爸問了第三個兒子：「你呢，你都去哪裡碰運氣啊？」

三兒子回答話：「我在有車子經過的馬路上或是路邊找食物啊，偶爾喔，可以找到一些麥粒吃。」

父親說：「那太好啦，不要錯過好時機，但是要特別的注意，如果有人蹲下去撿石頭，那你就不能待在原地不動了。」

這時候三兒子問他爸爸：「爸爸，你說得很有道理耶，可是，如果有人已經把石頭藏在他衣服的口袋裡呢？」

「嗯？你在哪裡看到這種情形的？」

「我在礦場上面看到的，礦工喔，要出礦場的洞口時，很多人身上的口袋都有藏石頭。」

麻雀爸爸說：「礦工跟工人都是要非常非常小心的啊，你既然曾經待在礦工身旁，欸，一定看到了許多事情，也學到了許多東西。但是啊，千萬要當心！礦工手裡藏的石塊，正損著你的羽毛，傷你的腦袋喔。」

最後呢，麻雀對老么說：「你還是一隻幼稚無知的小鳥，不但脆弱，動作又慢，我看啊，你呢，就待在我身邊吧！因為世界上有很多不講道理的壞鳥，牠們有彎曲的嘴還有長爪，經常獵食可憐的小鳥，最後啊，把牠們一口吞掉。你只要不要遠離同伴，在樹上或小屋旁，啄食毛毛蟲還有蜘蛛，就可以很平安的過日子了。」

老四對牠爸爸說：「是的，爸爸，我只要不打擾別人，就可以活得長壽，也不被老鷹欺負；我只要不貪求，只吃屬於自己的食物，照顧好自己的身體，每天早晚都遵從神的旨意，這樣就可以好好過日子啦。神創造了住在森林和村莊裡的鳥類，就會養育牠們，祂也聽得見小烏鴉的歌聲還有禱告聲，如果不是神的旨意，那麼即使是小小的麻雀或是白鴿都不會誕生的。」

父親有點驚訝的問說：「你在哪裡學會這些道理的啊？」

「我離開爸爸身邊時，被大風吹進了教堂啊。整個夏天，我抓教堂窗邊的蒼蠅還有蜘蛛當食物，也聽了牧師講這些道理啊。在那裡，老麻雀們一直照顧我們，使我們躲避了不幸，不被可怕的鳥抓走。」

麻雀爸爸說：「兒子啊，這樣子很好啊，你到教堂去幫忙抓蜘蛛還有嗡嗡叫的蒼蠅，像小烏鴉一樣，和神說話，把自己交給永遠不變的造物主！這樣即使全世界充滿壞鳥，你也會平平安安的，保有心靈的純真，堅定信仰的虔誠，將一切託付給神，終會獲得永生的！」

壽命

神創造了世界，當祂正在考慮要給動物多少壽命的時候，有一隻驢子跑過來問：「神啊！嗯，我想請問一下啊，這個……我能夠活多久呢？」神回答了這隻驢子說：「三十年，你覺得夠不夠呢？」

這驢子啊馬上就回答說：「哎唷，這太久了！您不知道，我的

日子過得好辛苦啊！每天從早到晚，要不停的搬運貨物，還要把麥拖到磨坊去磨成麵粉，人們才有麵包可以吃啊。您說，我的工作累不累？雖然如此，人們還常常打我、踢我！所以，我不想活那麼久啦，求求您把我的壽命縮短一點，好不好？」

神很同情驢子，就答應只給牠十八年的壽命。

驢子嘆了一口氣就走了。

驢子走了之後呢，馬上就來了一隻狗。神看到狗之後，就問他：「驢子嫌牠活三十年太長了，那你呢？給你三十年的壽命你滿足嗎？」

狗回答說：「神啊，祢真的這樣想啊？可是，活三十年我要跑多少路啊！我的腳可受不了長時間的奔跑，到時候垮下來，吠不出聲，啃不動骨頭，只能躺在那個沒人的地方呻吟，那多難受啊！」

神覺得狗說的很有道理，所以決定給他十二年的壽命。

不久，猴子也來了。

神對猴子說：「猴子啊，讓你活三十年，你不會反對吧！驢子和狗每天要辛勤的工作，活太久嫌累。你不必工作，壽命長應該很快樂吧！」

猴子是這樣子回答神的：「神啊，事實並不是祢想的那個樣子欸，就算天上時常掉下玉米粥，我也沒湯匙可以舀來吃啊！為了得到別人的歡笑，我要常扮鬼臉、做怪動作，來換取他們不要的酸蘋果或者是點心。這種情況下，讓我活三十年，您說，我怎麼可能快樂得起來嘛。」

神聽完之後，覺得猴子講的也滿有道理的，所以呢，祂就決定給猴子十年的壽命。

最後啊，人趕來了。人看起來精神奕奕，很健康的樣子。

神說要給他三十年的壽命，人就大聲抗議說：「神啊，神啊，神啊！這怎麼行呢？祢聽聽啊，當我把房子蓋好，準備好家具，在庭院種下樹，樹開花結果後，我還沒有開始享受，卻要死了。神啊！這也太不公平了吧！」

於是，神就回答說：「好吧，那我把驢子十八年的壽命加給你。」

「不夠、不夠、不夠！絕對不夠啊。」

「那我把狗的十二年壽命也給你。」

「哎呀，這還是太少了啦！」

「那我就把猴子的十年壽命也一起給你，這樣你總該滿足了吧？」

神說完這段話之後，轉頭過去不再理人了。人呢，也只好懷著不滿的心情，默默的離開。

就這樣，人獲得了七十年的壽命。最初的三十年，身體很健康，過得也很愉快。接下來的十八年，必須承受重擔，照顧家人的生活，而且再賣力工作，人家都認為是應該的。

再接下來的十二年，牙齒已經咬不動硬的東西，動作也不靈活了。

最後的十年，腦力退化了，做事或講話都顛三倒四，而且還常常遭受到年輕人的竊笑呢！

比目魚

好久好久以前，住在海裡的魚兒，無論大、小都非常不守秩序，喜歡從魚群中間穿梭，也喜歡擋住人家的去路。大魚更有一種不好的習慣，老愛甩動著牠的大尾巴，附近比牠小的魚兒常被搞得暈頭轉向。有時候呢牠甚至張大口，一下子就吞掉幾十條小魚。

後來，魚兒們想通了，開會討論，決定學人類，選出一個國王來維持海底國的秩序。

「應該選游得最快、最有愛心的出來當國王吧。」這個提議馬上獲得大家的贊成。

於是，魚兒們靠岸排成一列，由梭魚抖動尾巴發出訊號，大、小魚兒立刻奮力向前游。梭魚一馬當先，像箭一樣飛速前進！鯡魚、白楊魚、鱸魚、鯉魚，和其他各種魚兒，全都拚命向前游。其中，比目魚自以為游得很快，也很有愛心，一定能被選為國王。

突然間，魚群中響起：「鯡魚領先！鯡魚領先嘍！」的喝采聲。

比目魚聽了，生氣的叫道：「誰領先呢？到底是誰領先呢？」

「鯡魚！是鯡魚領先！」一條小魚大聲回答牠。

「是裸體鯡魚嗎？」嫉妒心很強的比目魚大聲叫道。

牠因為喊得太過用力，嘴巴歪向一邊，再也無法復原了。

釘子

有一個商人，到城裡做生意，很快就賣光了所有的商品，賺了一大筆錢，裝在一個皮包裡，準備在天黑之前趕回家。

他把裝有錢包的行李箱綁在馬背上，才騎馬上路。

中午，在一家飯店休息，將要離開的時候，店裡的夥計幫他牽馬出來，說：「老闆，這匹馬左後腳跟的蹄鐵掉了一根釘子。」

商人回答：「哼，掉就掉吧！最少還能支撐六個小時，我急著趕路，沒有時間管它。」

下午，他牽馬走進另一家飯店，拜託裡面的人餵草給馬吃。一會兒，僕人進來報告說：「欸老闆，你的馬左後腳跟的蹄鐵不見了，我帶牠到鐵匠那釘一塊好嗎？」

商人回答他：「唉，由牠去吧！還有兩三個小時路程就到家了，馬應該能撐得住。我急著趕路，不想浪費時間。」

從飯店出來，走了不久，馬的腳有點跛，商人不管，讓牠跛著腳繼續向前走。沒多久，馬變得搖晃不定，再走幾步，因為絆到東西而摔倒，斷了一隻腳。

商人只得下馬，扛起行李，徒步走回去。到家時，已經深夜了。

商人自言自語說著：「一根小小的釘子，竟然引起了討厭的事故。」

Light 005A
格事話：格林童話選集

IP授權：騷耳有限公司

作　者：格林兄弟
譯　者：林懷卿、趙敏修
改　寫：騷耳有限公司
繪　者：Dinner Illustration
裝幀設計：Dinner Illustration
執行編輯：鄭倖伃
校　稿：李映青
專案企劃：呂嘉羽

發 行 人：賀郁文

出版發行：重版文化整合事業股份有限公司
臉書專頁：https://www.facebook.com/readdpublishing
連絡信箱：service@readdpublishing.com

總 經 銷：聯合發行股份有限公司
地　址：新北市新店區寶橋路235巷6弄6號2樓
電　話：(02)2917-8022　傳　真：(02)2915-6275

法律顧問：李柏洋
印　製：沐春行銷創意有限公司
裝　訂：同一書籍裝訂股份有限公司

一版一刷：2023年09月
定　價：新台幣400元

本書譯稿由
聯廣圖書股份有限公司
聯經出版事業股份有限公司
授權使用

國家圖書館出版品預行編目 (CIP) 資料
格事話 : 格林童話選集 / 格林兄弟作 ; 林懷卿 , 趙敏修譯 . -- 一版 .
-- 臺北市 : 重版文化整合事業股份有限公司 , 2023.09
冊 ;　公分 . -- (Lohas ; 5)
ISBN 978-626-97639-2-4(上冊 : 平裝). --ISBN 978-626-97639-3-1(下冊 : 平裝).
--ISBN 978-626-97639-4-8(全套 : 平裝)

875.596　　112014313